目次

なみだ

つゆかせぎ

青山文平

青山文平（あおやま・ぶんぺい）

一九四八年神奈川県生まれ。二〇一一年に「白樫の樹の下で」で松本清張賞、一五年に『鬼はもとより』で大藪春彦賞、一六年に『つまをめとらば』で直木賞を受賞。著書に『かけおちる』『伊賀の残光』『半席』『励み場』『遠縁の女』『江戸染まぬ』『泳ぐ者』など。

なんの商いとも見分けのつきにくい男が、神谷町《かみやちょう》の屋敷を訪ねてきたのは、妻の朋《とも》が急な心《しん》の臓《ぞう》の病《やまい》で逝《い》った二十日ばかり後《あと》のことだった。ちょうど、中間《ちゅうげん》も下女《げじょ》も出払っていたところで、私が出ていくと、男はいかにもあわてた様子を見せた。それでも、用向きを問い質《ただ》すと、すぐに観念して名を名乗ったのは、こういうこともあると踏んでいたからなのだろう。

「手前は浅草《あさくさ》阿部川町《あべかわちょう》の地本問屋《じほんどんや》、成宮誠六《なるみやせいろく》の番頭を務めている吉松《よしまつ》という者でございまして」

唇を動かしてみれば、男の語りは滑らかだった。嘘で包《くる》んだ下手な言い訳は、かえって疑いを深くすることを弁《わきま》えている者の物言《ものい》いだ。

「実は、ひと月ほど前に、御新造《ごしんぞう》にお願いをしていた件で、伺わせていただきました」

朋が地本問屋の者と関わりがあったことに驚きを覚えつつ、とりあえず忌中を告げる。顔色を変えた吉松なる男が落ち着くのを待って、その願いとやらを聞いてみれば、私はさらに驚くことになった。

「有《あ》り体《てい》に申しますと、御新造には二年ばかり前から、竹亭化月《ちくていかげつ》の筆名で戯作《げさく》をお頼みしておりました」

まだ信じられないという顔を残しつつも、吉松は言葉を並べた。

「芝居町《しばいちょう》に遊ぶ女たちの様子を綴《つづ》った『七場所異聞《しちばしょいぶん》』はとりわけ人気でして、この春に刷られた、江戸で名の売れた者を紹介する見立て番付にも、一等下の六段目ではございますが、載ったほどでございます」

驚きはしても、吉松の話の中身にさほど抗《あらが》わなかったのは、朋が木挽町《こびきちょう》の芝居茶屋の娘だったからだ。

三人姉妹の末で、両親が、一人は素《す》っ堅気《かたぎ》の然《しか》るべき家に嫁がせるつもりだったのだろう、十七年前、愛宕下《あたごした》は広小路の二千四百石の旗本、大久保能登守《おおくぼのとのかみ》様の御屋敷に武家奉公《ぶけぼうこう》をさせた。そこで、親にとっては誤算だったにちがいないが、手代《てだい》を務めていた私と縁《えん》づいたのだった。私が二十七、そして朋は二十一だった。

芝居町の茶屋といえば、華やいだ光景ばかりが浮かぶ。しかし、当時、すでに木挽町の顔である森田座《もりたざ》は傾いて休座に追い込まれ、控櫓《ひかえやぐら》に代わっていた。町そのものもくすみがちになり、なんとか大茶屋《おおぢゃや》を張り通していた朋の実家も、踏みとどまるほどに借財が嵩《かさ》んで、とうとう七年前に店をたたんだ。

それでも、朋の躰《からだ》を浸《ひた》す水気《みずけ》は変わらずに、木挽町を真っ直ぐに縁取《ふちど》る三十間堀川《さんじっけんほりかわ》の水で満たされていた。当り前のように、役者や狂言作者に囲まれて育った朋ならば、そういう戯作を書いたとしてもおかしくはない。ちょくちょく、親類がつづけている小茶屋《こぢやや》に手伝いに行っていたのも、あるいは、そこで筆を取っていたのかもしれない。

「戯作者といえば男と決まっておりますが、実は、読み手は女が多ございます。あの式亭三馬《しきていさんば》の『浮世風呂《うきよぶろ》』にしてからが、女の読み手が半《なか》ばを越えます。ならば、女が書いたほうがもっと読み手に届くのではないかとお願いしたのですが、目論見《もくろみ》通りでございました。で、ひと月前にも新作をお頼みした次第でございます」

吉松は、夫の私を前にしていたためだろう、穏当《おんとう》な言い方をした。朋の書いた戯作の題は『七場所異聞』だという。その題からすれば、ただの人情本や滑稽本《こっけいぼん》とは思えない。

『七場所異聞』の『七場所』は、たしかに堺町《さかいちょう》や葺屋町《ふきやちょう》、木挽町などの芝居町と重なる。しかし、世の中では陰間《かげま》茶屋《ぢやや》のある町と言ったほうが通りやすい。そして、そこの男娼は坊主などの男色《なんしょく》の相手をするとされてはいるものの、その実、客は女のほうが多いらしい。『七場所』は、女のための吉原《よしわら》でもあるのだ。

私はそもそも戯作に興味が向かず、『七場所異聞』なる地本も知らなかった。が、女が主人公であるとすれば、相当にきわどい陰間遊びの描写もあるのかもしれぬと思った。あるいは、女ならではの容赦のない目が、同じ女の読み手を惹《ひ》きつけているのかもしれない。

「ご事情を伺えば無理とは存じますが、お手が空《す》いたときにでも一度、御本が仕上がっているかどうか、たしかめていただけるとありがたく存じます。本日はたいへん、ご無礼いたしました。それでは御免こうむらせていただきます」

半ば諦《あきら》めた様子で吉松が背中を見せ、姿が見えなくなると、私は、手が空いていたわけではなかったが、朋が自分の部屋のようにしていた座敷へ足を向けて、それらしき書き物を探した。

けれど、そうしたことはやはり親類の小茶屋でやっていたのだろう、なにも見つけることはできなかった。

季節は初夏《はつなつ》で、ささやかな庭の若い緑を擦《す》り抜けた陽《ひ》が、小さな文机《ふづくえ》の甲板《こういた》の上で踊っている。朋が、気に入りの絞りの着物よりも大事にしていた、黒柿《くろがき》の文机だ。そこに書き物はなかったが、私は朋が『七場所異聞』の書き手であることを疑わなかった。

世間で言うならば、〝女だてらに戯作を書くような変わり者〟だからこそ、両親が期待していた良縁を袖にして、旗本のしがない家侍なんぞを、亭主に選んだのだ。

ないものはない大江戸でも、歌舞伎大芝居が舞台に乗る本櫓は三座しかない。堺町の中村座、葺屋町の市村座、そして木挽町の森田座だ。江戸の水で磨かれた八百八町のなかでも、三つの芝居町は最も江戸らしい町である。

その、路地の塵さえ艶めいて見える町でも、娘時代の朋の器量は評判を取っていた。おまけに、三味線や琴、踊りはむろん、和歌や俳諧、果ては漢詩に至るまでみっちり仕込まれている。当然、愛宕下の御屋敷に奉公に上がると、中間から御側衆まで、男たちの話題は朋のことで持ち切りになり、私は早々にその輪から抜け出した。私は子供の頃から、競い合いになりそうな場からはすぐに離れるのを常としていた。

私の家は代々、大久保家に仕えていたわけではない。江戸に出るまで、私の父は北のさる藩で郡奉行を務めていた。六十年ほども前の宝暦の飢饉の際、百姓と重役方の板挟みに遭って、国を欠け落ちたと聞く。年貢の減免と御救い金の下賜を叫ぶ百姓に、藩は逆に、難局を乗り切るためという名分を立てて、年貢の先納と御手伝い金を命じたらしい。百姓の側に立った父は仕置き替えを求めたが、結局、受け容れられず、村へ向かった足で、国境《くにざかい》を越えた。

以来十年、父は浪々の身をつづけて辛酸を嘗《な》め、喰い繋《つな》ぐために車力《しゃりき》までやったようだが、その辺りの仔細《しさい》な事情は、まだ生まれていなかった私には分からない。私が知っているのは、ようやく大久保家に出仕《しゅっし》して、上役の言葉にことごとく頷《うなず》いていた父だ。再び得た扶持《ふち》を、二度と手放すまいとしたのか、父は九年前に身罷《みまか》るまで、けっして己《おのれ》の意見を言うことがなかった。目立たずに、しかし、しっかりと役に立つ構えを貫き通して、その姿はそのまま、私への教えとなった。

もっとも、父は舅《しゅうと》として朋を迎えた六十八のときですら、朋をして、舞台で色悪《いろあく》を演じていただきたい、と言わしめたほどの美丈夫《びじょうふ》だったから、放っておいても目立つのは避けられなかった。けれど、人が嫌がる仕事に黙って精を出せば、世間の目はその様子に向かい、容貌には紗《しゃ》がかかる。それも私が父から学んだことで、前髪を切る頃には、意識せずとも、躰が勝手に目立たぬように振る舞った。

だから、そもそも、私と朋は赤い糸で結ばれていないはずだった。朋はその器量と芸を最も高く買ってくれる家に嫁《か》して、そして私は、朋を得ることで招くやっかみから、遠く隔《へだ》たっていなければならなかった。

そんな二人のあいだを縮《ちぢ》ませたのは、やはり、父から私が自然に受け継いだものだった。父はすべてを置いたまま国を出たが、ただひとつだけ、国で築いたものを携えていた。

俳諧である。

当時、父が禄を食《は》んでいた国にもすでに俳壇はあって、そこで父は一家を成していたらしい。ちょうど、ことさらに洒脱《しゃだつ》を見せつけるような江戸座の俳風が廃《すた》れ、元禄俳諧の、俗調《ぞくちょう》を排した詩情を再生しようとする頃で、国でその動きの先頭に立っていたのが、父だったのである。

主要な俳人のあらかたは豪農であり、富商であり、酒造家であり、つまりは、村々の名主はまず名を連ねていたから、俳諧ならではの繋がりを生かして、農政の実を上げようとしたこととも考えられる。俳諧は、あるいは俳諧は、郡奉行としての父の御勤めだったのかもしれない。しかし、そうだとしたら、百姓の側に立って、欠け落ちるまではしなかったはずである。やはり、父は紛《まぎ》れもなく、俳人だったのだろう。

だからこそ俳諧は、江戸に出た父の、突っかい棒になった。車力で喰い繋いでいた頃も、旗本の家侍になってからも、父は俳諧でのみ己の心情を語って、陽が上がる前の、夜露のような句を詠《よ》んだ。

ただし、江戸俳壇の一角に、場処を占めようとはしなかった。後年、「俳諧独行の旅人」と自称して、一人の門人も持とうとしなかった夏目《なつめ》成美《せいび》の緩《ゆる》やかな集まりには心惹かれたようだが、あくまで社中とは距離を置き、ただ己を見詰めるためにのみ詠んで、俳諧においても、目立たぬという縛りを崩さなかった。

そんな父の傍《かたわ》らにいて、私は幼子《おさなご》が言葉を覚えるように俳諧を詠み始めた。父と同様に、私にも俳諧という、解き放たれた言葉が必要だった。父は、そんな私の、殴り書きのような句に丹念に目を通して、ある日、十四歳になった私を、蕪村《ぶそん》と並び立つ俳諧中興の雄、加舎白雄《かやしらお》が日本橋《にほんばし》に結んだ春秋庵《しゅんじゅうあん》に送り込んだ。自分はともあれ、私の代になれば、俳諧で目立つくらいは許されると思ったのかもしれない。

当時の兄弟子には、鈴木《すずき》道彦《みちひこ》や建部巣兆《たけべそうちょう》、そして倉田《くらた》葛三《かっさん》など、キラ星のごとき俊傑《しゅんけつ》がいた。お蔭で、私の俳諧は、爪先立《つまさきだ》っているあいだに、いつしか踵《かかと》が着くように、伸びていった。二十三で手代に出仕する頃には、俳諧師の見立て番付の東の三段目にも載って、あくまで俳壇においてではあるが、人に知られるまでになった。それが、朋と私を結ぶ、糸だった。

朋が奉公に来て、十日余りが経ったある日、大久保の奥様から直々《じきじき》に呼び出しがかかった。何事かと身構えつつ参上した私に、奥様は言った。

「奉公に参った者たちが、そなたに俳諧の添削《てんさく》を頼みたいと願い出ております」

「はあ」

半ばの安堵と、半ばの警戒が入り交《ま》じるのを覚えつつ、私は答えた。

「三名ですが、いかがですか」

「御下命《ごかめい》とあらば」

煮え切らぬ様子の私に、奥様はふっと息をついてから、つづけた。

「娘たちの武家奉公に、給金がないのは存知おりますか」

「いえ」

そうなのかと、私は思った。大久保家での私の御役目は、父から引き継いだ、各地に散在している知行地《ちぎょうち》の運営管理が主で、家政のことには疎《うと》い。

「娘たちは、こちらで、さまざまに生きた稽古をいたします。けっして下女代わりではなく、言ってみれば女の学問所なのですから、給金なるものはないのです」

「初めて、伺いました。ありがとう存じます」

「その代わりに、たしかに学んだと得心《とくしん》して、それぞれの実家に戻ってもらわなければなりません」

「はい」

そこまで言っていただけば、もう意味は伝わった。

「つまり、娘たちの学びたいという声には、できる限り、応えなければならないということです」

そうして私は、三人の娘の一人だった朋と、間近で向き合うようになったのだった。

夫婦《めおと》になってから明かされてみれば、すべては朋が仕組んだことだった。

「わたし以外の二人の娘《こ》も、俳諧を嗜《たしな》んではいたの」

いかにも町娘らしい口調で、朋は言った。

「でも、ほんとに齧《かじ》ったくらいで、あなたの俳号も知らなかった。わたしだけがあなたを知っていて、あのお方は有名な俳諧師だから、見ていただきましょうよ、って、二人を巻き込んだわけ」

見立て番付に載ったとはいえ、前頭《まえがしら》の何十枚目かだ。けっして、有名な俳諧師などではない。なんで知っていたのかと問う私に、朋は答えた。

「両親は、わたしを大久保様に武家奉公に上げたつもりだけどね。わたしは、そうじゃあないの」

笑《え》みを浮かべて、朋はつづけた。

「初めっから、あなたに近づくためだったのよ」

その半年前、私は、木挽町での役者たちの句会に招かれた。

元々、歌舞伎役者は、俳諧を詠むことができて当り前と見なされており、一人一人が俳名《はいめい》を持っている。尾上菊五郎《おのえきくごろう》一門の松緑《しょうろく》や、中村歌右衛門《なかむらうたえもん》家の芝翫《しかん》など、俳名がそのまま名跡《みょうせき》となった例は珍しくない。

つまり、役者の句会もまた珍しいものではなく、当日、私はとりたてて芝居町を意識することもなく足を向けた。そのとき、私は気づかなかったけれど、たまたま句会を手伝っていたのが朋で、なにがよかったのか、私を見初《みそ》めてくれたのだった。

朋は、句会が終わった後の宴席でお酌までしたと口を尖《とが》らせたが、私はまったく覚えていなかった。とびっきりの笑顔をこしらえて、ちゃんと名前を言ったのに、と、朋はつづけた。

ともあれ、朋ほどの女に、最初から縁づくために近づかれたら、男はひとたまりもない。私は実に呆気《あっけ》なく落ち、あれほど警戒していた嫉妬《しっと》や怨嗟《えんさ》を、一生分も背負《しょ》い込むことになった。

覚悟していたつもりではあったが、ずっと避けつづけてきただけに、実際に味わう赤裸々《せきらら》な妬《ねた》みはこたえた。

想ってもみなかった人が、想ってもみなかったことをした。それにつれ、私は、自分がいかにも簡単に朋の掌《てのひら》に乗ってしまった理由に、あらためて想いを巡らせるようになった。

朋の、獰猛《どうもう》とも思えるほどの美しさからすれば、なんの不思議もないとも言える。しかし私は、父から受け継いだ、目立たぬという縛りをなによりも大事にしていたはずだった。少しくらいは抗えても、よかったのではないか。

折に触れて考えつづけるうちに、ふと、大本は、女ならではの、揺るぎない自信なのではないかと思うに至った。

あらかたの男は、根拠があって自信を抱く。根拠を失えば、自信も失う。御勤めの役職や句会に出る男の顔は、見立て番付の場処次第で、顔つきが変わる。

位階でも、同じことが言えよう。

けれど、女の自信は、根拠を求めない。子供の頃から、ずっと目立たぬために周りを注視してきた私だから、そう見えるのかもしれぬが、女は根拠なしに、自信を持つことができる。

その力強さに、男は惹きつけられる。男のように、根拠を失って自信を奪われることがない。

朋はたまたまあの姿形《すがたかたち》だったから、美形《びけい》という根拠があって、私が絶対に落ちるという自信を持っているように見えた。しかし、そうではないのではないか。女という生き物は美醜《びしゅう》に関わりなく、いや、なにものにも関わりなく、天から自信を付与されているのではないか。

もしも朋が醜女《しこめ》だったとしても、あのとおりに近づかれたとしたら、おそらく同じことになっていたのであろうと、私は思った。

妻となってからの朋は、その変わらぬ確信に満ちた様子で、しばしば私に、いつ、業俳《ぎょうはい》になるの？　と尋ねた。

業俳というのは、俳諧を生業《なりわい》とする俳諧師のことで、私のように別に本業がある者は、遊俳《ゆうはい》と呼ばれる。

朋の口調からすると、まるで私が業俳になるのはとっくに決まっていて、あとはその時期だけのようだった。

すでに木挽町が勢いを失って、実家の芝居茶屋が傾いているというのに、朋は変わらずに活計《たっき》には無頓着で、なんで私がささやかな扶持にしがみついているのか、皆目、理解できぬらしい。きっと、朋の目に映る私は、役者たちの句会で出会ったときからずっと、旗本の家侍ではなく、俳諧師だったのだろう。

「おかしいわよ」

業俳にはならないし、これから先もなるつもりはないという私に、朋は言った。

「だって、あなたは俳諧師だもの。刀を差してるなんて、おかしいわよ。ちっとも似合わない」

私自身、似合うとは思っていない。でも、こればかりは、朋の声に従うわけにはいかなかった。

父が十年の苦闘の末に手に入れた扶持だから、というだけではない。私は私の意志で、業俳にはならぬと決めていた。

理由を挙げれば、いくらでも出てくる。

第一に、私は家侍の暮らしに不満を持っていなかった。むろん、贅沢など望むべくもないが、質素でも飯が喰えて、俳諧が詠めれば十分だ。

その上、私は朋まで得た。朋は見た目に美しいだけでなく、すこぶる肌も合って、たしかに私は朋に搦《から》め捕られたのだろうが、それを僥倖《ぎょうこう》と思うことができた。

第二に、業俳は、想われているほどに、意のままになる生業ではない。

喰っていくためには、かなりの数の門人を確保しなければならず、繁《しげ》く、地方を行脚《あんぎゃ》するのはよいにしても、繋ぎ止めておくためには人知れぬ苦労を伴う。私は富裕な門人に対して、幇間《ほうかん》まがいの真似《まね》をする宗匠《そうしょう》を何人も見てきた。

「ねえ、わたしだって芝居茶屋の娘なの。それくらいは知ってるつもり」

私が諭《さと》すように言うと、朋はそう言葉を返した。

「でも、やってみなきゃ分からないじゃない。あなたの俳諧ならだいじょうぶ。あなたは別物《べつもの》だもの」

別嬪《べっぴん》の煽《おだ》ては嬉しかったが、まさに、それが、私が業俳にならぬ第三の、そして最も大きな理由だった。

私はある俳諧師を通して、別格の才能に恵まれていることと、凌《しの》いでいけることとはまったく別であると、思い知らされていた。

小林一茶《こばやしいっさ》、である。

父が夏目成美に共感していたこともあって、北信濃《きたしなの》から出てきた、私よりも七つ齢《とし》上《うえ》で、たぶん私よりも貧しいのであろう俳人には、早くから目を向けていた。そして、いつも圧倒されていた。

蕪村の「離俗《りぞく》」や、成美の「去俗《きょぞく》」を信奉する人々は、なんで、と言うかもしれない。

一茶は、俗の詩材を、俗に詠む。

が、一茶は、芭蕉が生きた元禄ではなく、それから百年が経った、この文化の俳諧師だ。まさに、いま私が生きている、この性悪《しょうわる》で、厄介な時代の俳諧師だ。

もの皆等しく、揃って前へ進んでいた時代は終わり、それぞれがてんでの向きに散って、至る処《ところ》でぎしぎしと軋《きし》む音を立てている。

忠臣蔵の時代である元禄には、〝我々〟を信じることができた。が、文化のいまは否応《いやおう》なく、〝我〟と向き合わなければならない。

醜悪な〝我〟から逃《のが》れて「離俗」を装う俳諧師がひしめくなか、一茶は断じて目を背《そむ》けない。

物乞《ものご》い同然の〝我〟を、凝視する。

だから、俗の詩材を俗に詠みながら、俗に堕《だ》さない。

私は一茶の他に、そんな俳諧師を知らなかった。いや、父を除いては、知らなかった。

その一茶が、喰えなかった。

そして、一茶と私とでは、海と水溜まりほどの開きがあった。

ふた月の忌中が明けかけると、夏も終わりに近づいていた。

それまでのおよそひと月余り、私はなぜ朋が戯作を書いたのかを、ずっと考えつづけていた。

そのとき、思い出したのは、去年の冬の出来事だった。

文化九年十一月、一茶は江戸の業俳として生きていくことを諦め、故郷の信濃国水内《みのち》郡柏原《かしわばら》宿に還《かえ》った。

「もう、五十歳だそうだ」

私は、縫い物をしていた朋に言った。

「分からないわよ」

朋はちらっと私に顔を向けると、手を止めずに言った。

「なにが？」

私は聞いた。

「あなたの想っているようには、ならないかもしれないってこと」

一茶の帰郷を告げる私は、それ見たことか、という顔になっていたのかもしれない。

「いまは元禄じゃないわ。信濃も、もう田舎じゃない。あの方は信濃で、素晴らしい業俳になるかもしれない」

朋の言葉は覚えているが、顔は思い出せない。目を、思い出せない。あのときすでに、朋は戯作を書いていた。『七場所異聞』を書いて稿料を得ていた朋は、どういうつもりで、私にあの言葉を言ったのだろう。

私が密《ひそ》かに怖れているのは、朋の失望であり、抗議だ。あれから十六年間、とうとう業俳になろうとする素振りすら見せなかった私への落胆だ。

私は、朋のなかにいる俳諧師の私から遠ざかりつづけ、大久保家家臣として、手代から勝手掛用人《かってがかり》へと進んだ。そうして、ささやかな満足を得ている私に、朋は溜息をつき通してきたのかもしれない。

やがて、しびれを切らして朋は自ら筆を取った。『七場所異聞』を書いた。

私はまだ、その戯作に目を通していない。買い求めてもいない。そこに、なにが書かれているのかを知るのが怖いのだ。

もしも、若さと美しさを失いつつある主人公が、夫と、いまの暮らしに飽き足らず、その隙間《すきま》を『七場所』で埋めているとしたら、その主人公は、朋でしかない。

もうひとつ、私が望みをかけている理由は、叱咤《しった》だ。

まだ、手遅れってわけじゃない。その気になりさえすれば、あなただって、これから業俳になれるという掛け声だ。

一茶は、たしかに江戸に見切りをつけた。

「でも、業俳であることを辞《や》めたわけじゃないわ」

追憶のなかの朋は言う。

「逃げたんじゃなくて、新しい場処へ踏み出したの。五十歳で。あなたはまだ四十三でしょ」

「もう四十三だ」

「まだよ。まだってことを証《あか》すために、わたしは三十五を過ぎて書いたこともない戯作を書いた。これはってものが書けたら、あなたにも見てもらうつもりだった。あなたは業俳にはなっていないけど、俳諧はずっとつづけているでしょ。あと半歩、足を前へ送ればいいの」

「なんで、いまのままじゃいけない？」

「あなたが、いけないって思ってるからよ」

「私が……」

「あなたは、自分とお父様はちがうって思ってるでしょ」

「父と……」

「あなたはお父様が御国を逃げたわけじゃないってことを分かってる。一茶と同じように、新しい場処へ踏み出したことを分かってる。そして、自分だけがどこにも行こうとしていないことも分かっているの」

「どこかに行かないと駄目なのだろうか」

「当り前でしょ」

「なんで」

「どこにも行こうとしない俳諧師は死ぬの。俳諧師だけじゃないわ。役者だって、狂言作者だって、絵描きだってみんな死ぬ。木挽町があんなになってしまったのは、みんながみんな、どこにも行こうとしなくなったから。それじゃあ芝居町は死んじゃうの。芝居町が死ねば、お江戸だって死んじゃうかもしんない」

失望か、叱咤か……朋の気持ちはどっちだったのだろう。

あるいは、どちらでもないのか……。

戯作に打ち込むほどに、私への関心が薄くなっていった目だってある。

子供のいない夫婦で、いつも互いの瞳には相手が映り込んでいるつもりでいたが、もしかすると、私は消えていたのかもしれない。

「あまい、あまい」

表から、甘酒売りの声が届く。

「あーまーざーけー、あまい、あまい、あーまーざーけー」

そうだ、と私は思う。

甘酒を飲もう。

夏の季語の、甘酒を飲もう。

私は玄関へ出て、下駄をつっかけた。

「どうも、まいど」

頑張ってるな、と思わせる齢の男が、白地に赤い縞《しま》模様の湯呑み茶碗に甘酒を注《つ》ぐ。

季節はまだ夏なのに肌寒く、湯気の立つ熱《あつ》さが快《こころよ》い。江戸湊《みなと》には、なんと海驢《あしか》が姿を見せたようだ。

向かいからも、裏店《うらだな》の住人たちが姿を現わし、単衣《ひとえ》なのに懐手《ふところで》でやってくる。この辺りは、武家地と町人地が入り交じっている。

「商売繁盛だな」

私はまだ海驢を見たことがないと思いながら、甘酒売りに声をかけた。

「お蔭さんで。こう、しゃっこい夏が続いてくれますと。しかし、手前はよろしいですが、水売りのほうはさぞかし難儀でござんしょうな」

そのとおりだ。水売りだけじゃない。このまま夏らしい日が戻らず、二百十日に至れば、出穂《しゅつすい》まで漕ぎ着けることのできる稲は多くて三割だろう。秋の田が、一面の不《ふ》実《じつ》と白穂《しらほ》で埋め尽くされるのは明らかだ。

私は知らずに、俳諧師から、勝手掛用人の顔になる。

知行地の田畑に、想いを馳《は》せる。


それからまたふた月が経つあいだに、どうにか陽気は持ち直して、江戸に冷害の知らせは届かなかった。

ただし、すべての田が無事というわけではなかった。

大久保家の家禄二千四百石は、七つの村に分かれて拝知《はいち》されている。最も大きな村は、江戸から二泊ほどして辿り着く千石の西脇村《にしわきむら》で、やはり旗本の原田《はらだ》摂津守《せっつのかみ》博文《ひろぶみ》と、五百石ずつ分け合っている。上村《かみむら》が原田領、そして下村《しもむら》が大久保領だ。その西脇村が、稲熱《いもち》に侵《おか》された。

稲熱はその字のごとく、稲が熱病にかかったように斑《まだら》が浮く病で、最もひどい〃ずりこみ稲熱〟になると、稲全体がまるで燃えたような橙色《だいだいいろ》に縮み上がって、田のすべてが枯れ上がる。

下村の名主、勘右衛門《かんえもん》の知らせを受けた私は、八月末のよく晴れた日、愛宕下の御屋敷を発った。

文《ふみ》には相当に深刻そうな状況が記《しる》されていたが、名主の言うことを鵜呑《うの》みにしていたら、勝手掛用人は務まらない。勘右衛門もまた、西脇村のある郡の社中における主だった遊俳で、おのずと私とも懇意にしている。しかし、それとこれとは話が別だ。私だけでなく、向こうもそのつもりでいる。

西脇村へ赴《おもむ》くとき、私は決まって脇往還《わきおうかん》を使う。理由はさまざまにあるが、ひとつだけ挙げるとすれば、飯盛旅籠《めしもりはたご》のない宿場が多いからだ。つまりは、飯盛女がいない。これは、別に商売っ気がないというわけではなくて、飯盛女を置かずに済む、と言ったほうが正しかろう。

表の街道の宿場は、御公儀から伝馬制《てんませい》を課せられている。公用の荷物を次の宿場に継ぎ立てるため、常に然《しか》るべき数の人と馬を備えておかなければならない。これが野方図に費用を喰う。で、飯盛女を置いて、その稼ぎから捻《ひね》り出す。それが分かっているから、御公儀も飯盛旅籠を認めざるをえない。

脇往還にだって、人馬継立場《じんばつぎたてば》はある。でも、往来が少ない分、ずっと負担は軽いし、女を置いたって客がつくとは限らない。おのずと飯盛旅籠は珍しく、泡銭《あぶくぜに》が落ちないから博打場《ばくちば》もなく、渡世人の姿も見えない。こぢんまりとした宿場全体に、なんとものんびりした空気が漂っている。

むろん、だから、脇往還を嫌う者もいる。が、私はそうではない。例によって、女でしくじる怖れは遠ざけてきたし、朋と一緒になってからは目移りする気すら起きなかった。私は女っ気のない、風が緩やかに流れる宿場を好んだ。

この季節になると、道の両側に台が置かれて、柿や梨、茹《ゆ》で栗などが並べられている。そこに売る人の姿はないが、台の脇に置かれた代金を入れる箱には、小銭が折り重なったままになっていて、誰も盗《と》ろうとする者がいない。

傍らの床几《しょうぎ》に腰かけて茹で栗なんぞを剝《む》き、庭先に誇らしげに置かれた菊の鉢やら、秋の陽をのんびりと浴びる鈴成りの柿の樹やらに目を預けていると、詩興《しきょう》も湧こうというものだ。

繁くではないが、長くは通っているので、二泊するときの宿場も旅籠も決まっている。旅籠の主《あるじ》とも顔馴染《なじ》みと言ってよい。

とりわけ、二泊目の主の惣兵衛《そうべえ》は俳諧をやるので、私が姿を見せると、いかにも好々爺然《こうこうや》とした顔を綻《ほころ》ばせてくれる。今回も、一帯の俳人に声をかけてあって、変わらぬ快い夜を過ごした。私としては、闘いの前に力を溜めておくといったところである。

翌日は早く発って、午前《ひるまえ》には西脇村の入り口へ着いた。歩きながら、路《みち》から見える範囲の田を見渡しただけで、私の顔は曇る。おそらく、〝ずりこみ稲熱《いもち》〟は三割を越えているだろう。緑を残す田で足を停めても、つぶさに見れば、稲穂の首の処に褐色の輪がある。〝首稲熱《くびいもち》〟だ。早晩、この緑の田も枯死《こし》するのは必定《ひつじょう》である。

路からは見えない田に期待をかけたが、名主の勘右衛門の出迎えを受けたその足で回ってみれば、入り口近くの田よりもさらにひどい。それでもすぐには結論を出さず、翌日の分も併せて判断した末に、これはもう、年貢の減免と御救い金の額の寄合《よりあい》に入るしかないと腹をくくった。

「すでに上村でも御見分が入って、地頭《じがしら》様の原田様から、御救済の案が示されております」

その寄合で、勘右衛門が膝を詰めて言った。ずいぶんと、手厚い中身だ。

「失礼ながら、原田様は千三百石。一方、大久保様は二千四百石。持ち高からしても、上村を上回る御救済をお示しいただけるものと存じております」

「それはちがう」

私は即座に反論する。

「原田様の家禄は確かに千三百石だが、ただいま、御公儀において御作事奉行《おさくじぶぎょう》を拝命されておられる。御作事奉行の御役高は二千石ゆえ、当家と大差ない。加えて、御作事奉行は最も余禄の大きい御役目の一つである。これに対して、我が殿は無役《むやく》の小普請。入ってくるのは年貢のみだ。実高においては、原田様の三割にもならんだろうから、救済の中身においても、それ相応を覚悟してもらわなければならん」

「それでは百姓どもが収まりませぬ」

勘右衛門は気色張《けしきば》る。

「元来、上村と下村は同じ一つの西脇村でございます。二家の地頭様への相給《あいきゅう》ということで、たまたま二つの村に分かれておりますが、元々は一つだっただけに、逆に、互いに張り合う気持ちが強うございます。我が下村の百姓は、上村の地頭様よりも千石以上も多い御殿様を頂いてることを日頃自慢にしておるわけですから、かかる非常のときに上村に後《おく》れをとったとなれば、ずいぶんと落胆いたしましょう。今後のさまざまなお手伝いにも支障が出るやもしれません」

「それは重々に分かる。しかし、そこを曲げて言っておるのだ」

今日は、いつまで語りつづけるのだろうと思いつつ、私は唇を動かす。

こういう話し合いに、輪郭のくっきりした落とし処というものはない。

それぞれが立つ側の言い分を語って、語って、語って、語る言葉がなくなってもなお語って、互いに疲れ果て、もうわずかに声を出すのも嫌になったとき、そこに、結論めいたものが生まれる。たいていは、それまでに幾度も出てきた案だ。

それをまた立つ側に持ち帰って、再び顔を合わせ、また、初めにやったときと同じように、相槌《あいづち》を打つのも嫌になるまで語る。それを幾度か繰り返して、もう、なにがなにやら分からぬようになったとき、誰しもが本意とは言わない決着がつく。

勘右衛門も、私も、それを分かって喋《しゃべ》っている。それが名主の務めであり、勝手掛用人の務めだ。

分かっていても、また、幾度、経験しても、慣れるということはない。

慣れてしまっては疲れない。疲れ果てなければ、決着はつかない。ほんとうに相手をなんと愚《おろ》かなと思い、憎いと思いつつ喋る。

しかし、それにしても今日は早々と疲れていると私は感じた。まるで熱でも出たかのように、躰が重い。なんで、と訝《いぶか》って、すぐに気づいた。

今日は、朋が仏になってから初めての、そして、朋が戯作を書いていたと知ってから初めての寄合だ。

朋を失って、私という男は一段と縮んでいるらしい。人となりも、そして、おそらく俳風も。


江戸へ戻る朝は雨だった。

あと何度、この路を往復するのだろうと思いつつ村を出る。

疲れ果てた身に、雨の冷たさが追い討ちをかける。

どうにも足が重く、もう前へ踏み出すのも嫌になった夕刻、ようやく惣兵衛の旅籠に辿り着いた。

足を熱い湯で濯《すす》いでも、体調は戻らない。

俳諧の集まりも勘弁してもらって、すぐに夕食を取り、早めに敷かせた布団に寝転ぶ。幸い、今日は自分の他に客はないらしく、廊下から喧噪《けんそう》も届かない。

まだ宵《よい》の口なのにうとうととしかけたとき、障子の向こうから惣兵衛の声がかかった。

横になったまま、入るように言うと、顔は見せたが、閉めた障子の傍らに座ったまま、照れたような顔つきでもじもじとしている。

「なんだ」

思わず気色《きしよく》わるくなって、訊《き》いた。

「お疲れのところ、申し訳ないとは思ったのですが……」

それでも、惣兵衛は歯切れがわるい。

「一応、お声がけだけでもさせていただければと存じまして……」

「だから、なんだ」

「その……女は、いかがかと」

「女？」

惣兵衛の口からは、けっして出てこないはずの言葉だ。

「ここに女はいなかろう」

どういうことだと訝りながら、重い口を開いた。

「いえ、飯盛女ではございませんで……」

惣兵衛は悪さをした子供のように俯《うつむ》いて話す。

「〝つゆかせぎ〟でございます」

「〝つゆかせぎ〟？」

「外仕事でその日稼ぎをしている日用取《ひようとり》は、雨に降られますと、お足が入ってまいりません」

惣兵衛は顔を上げ、腹をくくった様子で言った。

「で、いよいよ困ったときは、その女房が春をひさいで、子供を喰わせるというわけでございます」

「それで、〝つゆかせぎ〟か」

私のなかの俳諧師が、言葉の音を触る。

「さようで。ですが、今日の……銀《ぎん》と申す女子《おなご》なのですが、銀の場合はまた少々事情がちがっております」

「ほお」

私はだんだん話に引き込まれていく。

「銀は後家《ごけ》で、亭主はおりません。自分が作女《さくおんな》などの日用取をして、二人の娘を喰わせております。亭主ではなく、自分が雨で稼げぬゆえの〝つゆかせぎ〟なのでございます」

それで母娘《おやこ》三人喰っているのなら、立派といえば立派なものだと、私は思った。

「二年前に亭主に死に別れて、それから半年ばかりしてから頼まれました。ここはそういう旅籠ではないので駄目だと申したのですが、後生だからと両手を突かれまして。銀は元々この宿場で生まれ育った者ですし、いっときは、ここで女中をしていたこともございます。また、雨の日は必ずというわけでもなく、月に二、三度ですので、目を瞑《つぶ》ることにいたしました。相手も手前が選びまして、なるたけ馴染みのお客様で、信用のおけるお方にお声がけをさせていただくようにしております」

話を聞きながら、私は因果《いんが》なものだと感じていた。

あれほど、躰がだるかったのに、なぜか詩興が湧いて、疲れが抜けていく。

おもしろいと言っては語弊があるが、銀という女の話にも心惹かれるし、銀を見遣《みや》る惣兵衛の眼差《まなざ》しにも詩材《しざい》が宿る。喰い詰めて躰を売る女を、惣兵衛は排除しない。かといって、大仰《おおぎょう》に面倒を見るわけでもなく、あくまで稼ぐのは女という筋を崩さずに、すっと助《す》ける。糸一本で、転《ころ》げようとする者をとどめるように。

女は宿場近くに住んでいるようだから、あるいはこの宿場一帯に、そういう眼差しが満ちているのかもしれない。私にはその眼差しが、人を置かずに柿や茹で栗を商う台と重なった。

「ここしばらくは無沙汰《ぶさた》だったのですが、久々に顔を見せまして。今日のお客様はおひと方だけで、女を買われるような御仁《ごじん》ではないので、いけないときつく申しました。ですが、どうやら切羽《せっぱ》詰まっているようで、そこをなんとか、と引き下がりません。伺ってみるだけ伺ってみるということで、ご迷惑とは存じつつ上がらせていただきました。いや、なに、断わっていただければ、諦めもつきましょう。手前も気を利《き》かせて伺った振りができればよいのですが、どうにもそのあたりが器用に運べない性分でして、まことに申し訳ございません」

屋根を叩く雨音はますます激しくなっている。はて、どうしたものやらと思案していたとき、その雨音に突然、階下からの少女らしき笑い声が交じった。

「あの声は？」

この旅籠に、小さな娘はいなかったはずだ。

「ああ、お耳に届きましたか」

惣兵衛は少し耳が遠い。

「銀の娘で。五つと三つでございます」

「子供も連れてくるのか」

「夜に小さな子供たちだけで置いてはおけないということで、いつも連れてまいります。母親と娘だけだからか、妙に子想いの女で。ま、そのあいだは、娘二人は水屋《みずや》あたりで遊んでおります」

篠突《しのつ》く雨のなか、幼い娘たちの手を引いて旅籠を目指す女の姿を想った。あるいは、三つのほうは、おぶってきたのか。断われば、いま来た路を空の懐のまま三人で戻ることになるのだろう。

「買おう」

私は言った。

「よろしいんで！」

惣兵衛はいかにも驚いた顔を見せた。

「ああ、来てもらってくれ」

私は躰を起こした。

朋が仏になってから、まだ四月《よつき》なのか、もう四月なのか、ともあれ、芝居町育ちの面子《めんつ》にかけて、駄目とは言うまい。

これで、自分も少しは変わる。

少なくとも、女でしくじるのは厳禁と、遊び場の類《たぐい》には一切近づかなかった私とは縁が切れる。

「あの……」

部屋に姿を見せた銀という女は、布団の脇に座ると、白木綿に包んだものを差し出した。

「こんなものですが……」

広げると、なかには茹で栗が入っている。ひと手間かけて、皮を剝いてある茹で栗だ。渋まできれいに取れていて、思わず唇の端《はし》が緩む。

惣兵衛を疑うわけではなかったが、いまどき、そんなことがあるのだろうかとは感じていた。でも、銀の様子は、いかにも土っぽい。

「土産《みやげ》か」

私はつるんつるんの茹で栗に手を伸ばす。二人になったからなのか、部屋が心なしか温かい。銀の躰つきもあるのかもしれない。その日暮らしということで、痩せ細った女を想っていたのだが、銀の躰はゆったりと丸みを帯《お》びている。その浴衣《ゆかた》姿を目にしているだけで、温《ぬく》もってきそうだ。

「種《たね》をいただくので、気持ちです」

「種……」

種というのは、つまりは子種《こだね》のことか。素人《しろうと》とはいえ、こういう凌ぎをするからには、子ができぬためのなんらかの手立てを講じているものではないのか。種をいただく、とは、どういうことなのだろう。

「失礼いたします」

銀は答えずに、するりと布団に入ってきた。横になっても、浴衣の胸が大きく盛り上がっている。間近で見れば、二十代の半ばというところか。一重《ひとえ》に見えた目は奥二重《おくぶたえ》で、黒目が大きい。

横臥《おうが》して顔を近づけると、干し藁《わら》の匂いがした。天日《てんぴ》できれいに干し上がった稲藁《いなわら》の匂い。稲熱になどかかっていない、健《すこ》やかな稲だ。雨に閉じ込められた部屋にさっと陽光が差したようで、私はどこか救われる。

「種、と言ったな」

躰を寄せて、私は再び聞いた。

「ややこを授かりたいもので」

銀は子を待ち望む若妻のように言う。銀の言うことが、どうにも分からない。

「娘が二人いると聞いたが」

女手ひとつで子を二人喰わすだけでも苦労だろう。それに、いくら惣兵衛らの眼差しが注《そそ》がれているとはいえ、後家が赤子を産めば誹《そし》られるのは免《まぬが》れまい。どうして、子など望むのか。

「子は、多くいたほうが安心でございます」

けれど、銀の顔つきには周りの目を気にしている風が微塵《みじん》もない。

「それに、楽しい」

もう一人分、喰い扶持がかかることになるのも意に介していないようだ。明日の飯代を稼ぐために、見知らぬ男の脇に横たわっているのに、どうして、それほどおおらかでいられるのだろう。その顔に、死ぬまで活計に頓着することのなかった朋の顔が重なった。

「親の分からぬ子になるが、それでもよいのか」

銀は初めて、くくっと笑う。

「親は分かっております。ぜんぶ、わたしの子でございます」

「父親《てておや》のことを言うておる」

「男親《おとこおや》なんて誰だってかまいません。二人の娘も男親はちがいます。でも、わたしの子です。わたしの子であれば、それでいい。子は女のものです。四人だって、五人だって欲しい」

挑《いど》むような銀の目から、あの女の自信が伝わってきて、私は思わずたじろぐ。男はこのようには、己を信じ切ることができない。

銀に気圧《けお》された私が、次に言うべき言葉を探そうとしたとき、銀が片手を伸ばして私の右の手首を取る。

そして、残った手で浴衣の襟をはだけ、露《あらわ》になった重そうな乳房に、私の右手を押し当てて、命じるように言った。

「種を！」

その乳房の見事な白さが、顔や手の陽焼けを際立たせる。私は、色の落差に引き込まれるように、顔を埋《うず》めた。

頂きの淡い照柿色《てりがきいろ》に導かれて、口に含む。

と、銀はいきなり高まった。弾《はじ》けるようにのけぞって、私の頭を掻《か》き抱《いだ》く。一気に気まずさが消えて、私もまた昂《たかぶ》る。諸々《もろもろ》の気煩《きわずら》いを、えいやっと放り出し、突如、湧き上がった奔流《ほんりゅう》に身を委《ゆだ》ねた。

果てた後は、知らずに眠ってしまったらしい。ふっと瞼《まぶた》が開いて、天井の板目が見えたときは、もう、銀はいないのだろうと思った。

けれど、傍らに顔を向けると、銀はそこにいて、微《かす》かな寝息を立てている。あの陽焼けの具合からすれば、いっときも休むことなく働き通しているのかもしれない。

なんとはなしに寝顔から目を離せずにいたとき、部屋の空気がすっと動いて、私は障子のある側を見やった。

わずかに開いて、女の子が顔だけを出している。

五歳の姉のほうだろう。銀をそのまま小さくしたようだ。紛れもなく、わたしの子、である。目が合うと、邪気のない顔で笑った。

あらためて、傍らで眠る銀を見れば、浴衣の襟はきちんと合わさっている。それをたしかめて、私は躰を起こし、姉に手招きした。

笑顔のままそっと入ってきた姉の背後には、三歳の妹もいる。妹も一見して、わたしの子、だ。私が寝床を空けると、二人は迷うことなく銀の横に潜《もぐ》った。

起き上がって、押入れをたしかめれば、そこに布団はある。私は、銀を起こさぬよう静かに布団を取り出して、隣りに並べて敷き、その端に滑り込んだ。川の字、というやつだ。こうすれば、二人のどちらかが、外へはみ出すこともあるまい。

まるで、四人の家族のようではないかと思いつつ、母娘を眺めると、いつの間にか目を開けていた銀が、私に微笑《ほほえ》みかけている。私はほっとして、瞼を閉じた。

三人から、またあの干し藁の匂いが届いて、雨降りなのに、私はほっこりと膨《ふく》らんでいるようだ。

　雨音はますます激しさを増していたが、すぐに聴こえなくなった。

　次の寄合は十二日後、江戸で持った。勘右衛門が愛宕下に参って、御家老を交《まじ》えて討議した。

　私が西脇村から戻ると、大久保家では、若殿の来年の番入りが決まっていた。当然、物入りになる。つまりは、知行地からの才覚金《さいかくきん》に頼らなければならない。

　今年の稲熱の被害の救済と、翌年の上納が入り交じって、話はさらに込み入ることになり、御家老が直接、勘右衛門と顔を合わせたいと言った。

　かといって、話が格別進展したわけではなく、とりあえず、特に窮迫している百姓だけに、要求の三割ほどであったが一時金を下賜し、あとの案件はまた詰めることだけが決まった。

　三度目は、そのまた十四日後に西脇村で、上村の名主も同席して開くことになり、私が向かった。

　月は十月に入って、脇往還の路傍《ろぼう》の台の上には柿だけがあって、茹で栗は見えなかった。

一泊目の旅籠に着いたときは、初冬の夜空から星が墜《お》ちてくるのではないかと思えるほどだったが、翌朝起きてみると、雲が垂《た》れ込めていた。

なんとか持ったのは午過ぎまでで、八つには、とうとう厚みを増した雲が水粒《みつぼ》を吐き出し、惣兵衛の旅籠に着いた夕には本降りになっていた。

雨となれば、どうしても銀のことに気が向かう。

雨の日は必ずというわけでもない、と言った惣兵衛の言葉を思い返したり、はて、いたらどういう顔をすればよいかと想いを巡らせたり、あれこれといじましい。

物欲しげな顔になっていないかを気にかけつつ、戸を引く。すると、足を濯ぐための湯が入った桶を手にして、笑顔で出迎えたのは銀だった。

驚く私に、傍らの惣兵衛がからからと笑って言う。

「ややこができたらしくて。三月《みつき》なので、きつい仕事は控えさせて、うちで働いてもらうことにしました」

思わず、どきりとするが、三月ならば自分が父親であるはずもない。それに、銀の子は男親が誰であろうと、銀だけの子なのだ。

「ほらっ、そこの段、気をつけて」

惣兵衛はまるで、ほんとうの祖父様《じいさま》だ。

この世には、こんな人たちがいるし、こんな場処もある。この世は私が想ってきたよりも遥かに妖《あや》しく、ふくよからしい。

やはり、私はずいぶんと狭い世界から、詩材を採《と》っていたようだ。

部屋に上がって、すぐに夕食になり、銀が給仕してくれる。

目が合うと、悪戯《いたずら》っぽい笑みを浮かべながら、今夜は駄目ですよ、と言った。

そうだな、大事にせねばな、と、私は男親のように言って、腹から笑った。

そして、西脇村へ行くのも、今回が最後になるかもしれないと思い、寄合を済ませて江戸に戻ったら、『七場所異聞』を読んでみようと思った。

松葉緑

宇江佐真理

宇江佐真理（うえざ・まり）
一九四九年北海道生まれ。九五年に「幻の声」でオール讀物新人賞を受賞、二〇〇〇年に『深川恋物語』で吉川英治文学新人賞、〇一年に『余寒の雪』で中山義秀文学賞を受賞。著書に『雷桜』『斬られ権佐』『憂き世店』『為吉　北町奉行所ものがたり』『うめ婆行状記』、「髪結い伊三次捕物余話」「泣きの銀次」シリーズなど多数。一五年逝去。

一

松の内が過ぎた江戸はうっすらと雪化粧に覆《おお》われていた。庭の松の枝には真綿を被《かぶ》せたような雪が積もっている。雪は陽《ひ》の光を受けて五色にきらめいていた。それを見て、美音《みね》はつかの間、倖《しあわ》せな気持ちになった。その日一日を快く過ごせるような気もした。

朝の五つ（午前八時頃）には近所の娘達が訪れ、障子は閉めてしまったが、陽の光はそれからも十畳の隠居所に優しく注《そそ》いでいた。

娘達は口々に新年の挨拶《あいさつ》を述べ、美音は皆に僅《わず》かな小遣いが入った祝儀袋を渡した。ほんの年玉のつもりである。娘達は恐縮しながらも一様に嬉《うれ》しそうな表情を見せた。

帰りにお汁粉屋に寄ろうかと、質屋「松代屋《まつしろや》」の女中をしているおふみが声を弾《はず》ませて他の娘を誘った。すぐに同調したのは棒手振《ぼてふ》りの魚屋の娘のおうただった。小間物屋の娘のおはつは、小首を傾《かし》げ「すぐに遣ってしまうのはもったいないよ」と、言った。

幕府の小普請組《こぶしんぐみ》に所属する小久保彦兵衛《こくぼひこべえ》の娘のあさみと、同じく小普請組の工藤平三郎《くどうへいざぶろう》の娘のきなは、何も言わず三人の娘のやり取りを見ている。お金の問題になると、二人は個人的な意見を控える傾向がある。それが、武家の娘のたしなみと躾《しつけ》られているようだ。ここでも町家と武家の娘の違いは出るものだと美音は内心で思ったが、お好きなようにお遣いなさいまし、と笑顔で皆に言った。

「でもご隠居様、この次のお稽古《けいこ》には、このお年玉の遣い道をお訊《たず》ねになるのでございますね」

あさみは美音の胸の内を読んでいるかのように訊《き》いた。

「商家の分際で武家のお嬢様にお足を差し上げたとしたら、お父上に叱《しか》られるかしら」

美音は少し心配になった。痩《や》せても枯れても武士は武士、商いで金を稼ぐ商家の施《ほどこ》しは受けぬと眼を剝《む》かれる恐れもあった。

「いえ、父に申し上げるつもりはございません。母にはそっとお伝え致します。母はご隠居様のご好意をありがたく思ってくれるはずです。元々、手習所《てならいどころ》にも通えず、母の内職を手伝っていたわたくしですもの、ご隠居様の所へ通って行儀作法を教えていただくのは嬉しい限りでございます。その上、このようなお心遣いをいただき、何んとお礼を申してよいかわかりません」

あさみはそう言って頭を下げた。

「わたくしもあさみさんと同じ気持ちです」

きなも畏《かしこ》まった表情で応《こた》えた。

「まあまあ、あたしが酔狂《すいきょう》ですることをそんなふうに思ってくれるなんて、それこそ嬉しい限りですよ」

美音は笑顔で応えた。三人の話を聞いて、おはつは「あたし、すぐに遣わず、蓄《たくわ》えておきます。本当にほしい物があった時に遣わせていただきます」と言った。

「それじゃ、本日のお汁粉屋は諦《あきら》めるしかないか」

おふみはつまらなそうに口を挟《はさ》んだ。

「またという日もあるし」

おうたが言うと、他の娘達は声を上げて笑った。おうたは魚屋の娘らしく、さばさばしている。娘達の中で一番年下の十三歳である。おふみが年長の十七歳で、あさみときなは十六歳、おはつは十四歳だった。武家と町家の娘と身分は様々だが、娘達の暮らしは皆、一様に貧しかった。

美音は貧しい娘達を集めて施しをしようというつもりはなかった。しっかりと人生を歩み、倖せになってほしいと思っているだけだ。そのために齢《よわい》五十五になった美音が適切な助言を与え、正しい方向へ導いてやりたいと考えたのだ。貧しさゆえに不幸になる娘は何人も見ていた。娘達がしっかりした考えを身につけていれば、そうそう不幸にならないのではないか。美音は亭主が亡くなると、息子達に商売を任せ、自宅の離れに隠居所を建て、そこで寝起きし、伴《とも》もつけずに外出するようになった。もちろん、息子達はそんな美音のやり方に反対した。世間体が悪いと。蚊帳商《かやしょう》「山里屋《やまざとや》」の大お内儀《かみ》として、それなりに振る舞って貰《もら》いたいらしかった。美音はそれをやんわりと蹴《け》った。自分は長年、お店《たな》に尽くした。残り少ない人生を好きにさせてくれと。もちろん、店の暖簾《のれん》に瑕《きず》をつけるようなことはしない。ただ、今まで自分が考えていたことをしたいだけだと息子達を諭《さと》した。

息子達は美音が何をやりたいのか、さっぱり見当がつかなかったが、やがて隠居所に娘達がやって来て、手習いをしたり、生け花をしたり、茶を飲みながら楽しく話をしている様子を見て、ようやく安心したらしい。

息子達は美音が暇潰《ひまつぶ》しに近所の娘達を集めていると思っているようだ。

美音は娘達に本当の女の道を指南するつもりだった。美音の所に集って来る娘達は、早ければ一、二年の内に縁談が持ち上がるだろう。あまり時間がなかった。

「さて、本日は新年最初の集りですから、手習いはせずにあたしの話を聞いていただきましょう。あたしの話が終わった後で、各自、意見を述べていただきたいと思います」

「いやだ、ご隠居様。あたし、皆《み》んなとお喋《しゃべ》りをするのは好きだけど、改まって話をするなんて苦手です」

おふみは顔をしかめて言う。

「あなたは松代屋さんの女中さんをしておりますけれど、将来はどうしたいと考えているのですか。あなたは年が明けて十七歳になり、順番なら一番早く嫁入りをする立場ですよ。もう少し、しっかりなさいまし」

美音は少し厳しい声で言った。

「お嫁入りなんて、まだ考えたこともありませんよ。どうせ、お店の旦那《だんな》かお内儀さんが勧めた縁談に、うちの実家のお父《と》っつぁんが賛成すれば、いやもおうもなく承知しなければならないのですもの」

おふみは不満そうに口を返した。おふみは美人とは言い難いが、醜女《しこめ》でもない。不満があると顔に出る。それを美音は苦々しく思うこともあった。

「あら、世の中の流れを存外にご存じじゃないですか。おなごの嫁入りなんて、おうおうにしてそうしたものです」

美音はさらりと応えた。

「でしたら、ご隠居様が何をおっしゃりたいのかわかりませんが、あたしの嫁入りについてあれこれおっしゃるのも無駄なような気がしますよ」

「でも、あなたの本心はどうなのですか。お店のご主人やお内儀さんの勧める縁談に黙って従い、それでよろしいの？」

「それは……」

おふみは言葉に窮して俯《うつむ》いた。

「ご隠居様、意に染まない縁談は断ってよろしいのでしょうか」

あさみが不安そうに訊く。

「いやです、と木で鼻を括《くく》ったように応えたら、先様《さきさま》はおなごの分際で生意気を言う、そんな娘はこちらからお断りだと腹を立てるでしょうね」

「では、どうしたらよろしいのでしょうか」

あさみはそれが肝腎《かんじん》とばかり、つっと膝《ひざ》を進めて美音を見た。幼い頃から両親に厳しく礼儀を躾《しつけ》られたあさみは、おふみのようにずけずけしたもの言いはしない。笑う時も眉根《まゆね》を寄せて低い声で笑う。誰しも一目で好感を持つ娘だ。

「とてもありがたいお話ですが、少し考える時間をいただきとうございます、と応えましょう。即答はいけません」

美音は、きっぱりと言った。

「まるでご商売の駆け引きのようですね」

きなは苦笑して言った。

「その通り、この世は何事も駆け引きです。お先走ってもの事を決めても、ろくな結果を招きませんからね」

美音はきなに笑顔を向けた。きなは素直に肯《うなず》く。

「でも、縁談を一時保留にしても、すぐに先様から催促があると思いますが」

あさみは納得できずに言う。

「はい、そうですね。その前に縁談のお相手のことをよく調べましょう。仲人口《なこうどぐち》と申して、縁談となると、よい事しか並べませんからね。隠していること、悪い噂《うわさ》などを調べて、これこれこういうことがありますから、この縁談は承知できませんとご両親に申し上げれば、ご両親もわかって下さるはずです」

「それは自分で調べるのですか」

「もちろん、ご自分の生涯の伴侶《はんりょ》になる方のことですから、ようく調べる必要があります」

「どうやって、調べるのでしょうか」

「先様のご近所のおかみさんなどは案外、事情を知っているものですよ。ご近所を何軒か訪《たず》ねたら、何かわかるというものです。お一人で行くのがいやなら、お母上か、ここにいるお友達を誘ってお行きなさいまし」

「まるで岡《おか》っ引《び》きみたい」

おうたが可笑《おか》しそうに笑った。

「そうそう、岡っ引きの親分に訊いてもよいかも知れませんね」

美音は悪戯《いたずら》っぽい顔で応えた。

「本日の教訓は、縁談が持ち上がってもすぐに承知せず、相手のことをよく調べてから返答すること、そうですね、ご隠居様」

おはつが張り切った声で結んだ。美音は満足そうに肯いた。

美音はそれから娘達に手鏡を持たせ、自分の容貌《ようぼう》の長所と短所を言わせ、他の娘達から見たその娘の長所と短所も言わせた。それによると、あさみは奥ゆかしいが、少し陰気であるとか、きなは眉毛が猛々《たけだけ》しいので、少し整えたらよいとか、おうたは少し口が大きいので大口を開けて笑うのは控える、おはつは笑うと眼が糸のように細くなり、それが愛嬌《あいきょう》となる、おふみは小ずるい表情が感じ悪いなどという意見が飛び交《か》った。まずは己《おの》れを知ることが肝腎である。

部屋の中の空気を入れ換えるため、美音は立ち上がり、そっと障子を開けた。その拍子に松の枝の雪がどさりと落ちた。娘達は気づかず、お互いの話に夢中だった。

二

日本橋の中橋広小路町《なかばしひろこうじちょう》にある山里屋の初代弥左衛門《やざえもん》が商売を始めたのは永禄《えいろく》十年(一五六七)で、弥左衛門が十九歳の時だった。蚊帳を天秤棒《てんびん》に括りつけて行商に出たのだ。

蚊帳は一家に一張は必要な家財道具である。それがなければ人々は、やぶ蚊の多い夏を過ごせない。

弥左衛門は二十年ほど蚊帳の行商をして財を蓄え、今の場所に間口二間の店を開いた。弥左衛門は奥州の山里村という小さな村の出身だったので、故郷に因《ちな》む屋号を自分の店につけたのである。

店は家人に任せ、弥左衛門はそれからも行商の仕事を続けた。この弥左衛門の息子が二代目山里屋金五郎《きんごろう》で、金五郎も父親の跡を継いで蚊帳の行商をして、江戸市中《しちゅう》ばかりでなく、近郊の村々も廻《まわ》った。ある日、行商の旅の途中で、新緑の松葉の色に目を奪われ、その色の蚊帳を作ることを思いつく。それまでは蚊帳と言えば灰色のものばかりだった。

金五郎が考案した松葉緑《みどり》の蚊帳は大当たりした。縁《ふち》を紅《べに》の布にしたのも人の目を惹《ひ》いた。誰も彼もが争うように求め、間口二間の山里屋はたちまち間口を大きく拡《ひろ》げた。その内に蚊帳の他《ほか》に蒲団《ふとん》も売るようになって、山里屋は江戸では知らない者がいないほどの大店《おおだな》にのし上がった。

美音は武家の娘として生まれたが、父親は禄《ろく》を離れた浪人だった。なぜ、父親が浪人にならなければならないのか詳しい事情は知らなかったが、母親や親戚《しんせき》の者の話だと、仕えていた藩の朋輩《ほうばい》に裏切られたことが原因らしかった。美音は長女だったが、美音の下には弟と妹が四人もいた。両親の内職だけでは親子七人が食べるのもままならなかった。

美音が十五歳の時、母親に内職を回してくれていた呉服屋「西村屋《にしむらや》」のお内儀が美音に手伝いをしてほしいと言って来た。ちょうど師走《しわす》の頃で、西村屋は新年に贔屓《ひいき》の客へ年玉代わりの手拭《てぬぐ》いを配るのが恒例だった。畳んだ手拭いに店の名を記した熨斗《のし》紙を掛ける作業は、いつもお内儀が一人でやっていたという。

ところが、お内儀は秋口に肩を痛め、三百という数の手拭いを用意するのが困難になっていたらしい。店の者に手伝いを頼もうにも、師走の時期は誰でも忙しい。切羽詰まったお内儀は美音に手伝わせようと考えたのだ。そうすれば、美音の一家も少しは助かるだろうという気持ちもあったのだろう。

美音はもちろん、喜んでそれに応じた。手拭いの作業をする間は店に泊まり込み、三度三度、食事ができるのも魅力だった。

お内儀のお桑《くわ》は当時、幾つだったのだろうか。自分の母親よりも、かなり年上だったことは確かだ。お桑の子供は息子ばかりだったので、前々から美音を娘のように可愛《かわい》がってくれていた。だから、さほど緊張することなく、美音は西村屋に出かけた。

熨斗紙の上書きはお桑が書き、それを美音が手拭いに被せ、引っ繰り返して、糊《のり》をつけて端を合わせる。作業は単純だったが、容易に仕舞いにはならなかった。

「お内儀さんは、お年玉作りを何年も一人でなさっていたのですね」

美音は手を動かしながら感心して言った。

「あたしが手ずから用意した物と知れば、お客様は、たかが手拭いといえどもありがたがって下さるのですよ」

「そうですよね。よそのお店はこんなことは奉公人に任せていますもの。お内儀さんは本当にお客様のことを考えていらっしゃるのですね」

「褒《ほ》めておくれかえ。嬉しいねえ」

お桑は素直に喜んだ。御納戸《おなんど》色の鮫小紋《さめこもん》に黒の緞子《どんす》の帯を締めたお桑は呉服屋のお内儀らしく、とても品があった。いつもきれいに頭を撫《な》でつけていて、ほつれ毛一本なかった。白髪が増えても、きれいに撫でつけていれば、人からは感じよく見えるものだと美音は改めて思った。

「お内儀さんのそんなお気持ちがご商売に繫《つな》がるのですね。勉強になります」

美音がそう言うと「美音さんはお武家のお嬢さんですから、商家のことを学んでも仕方がないでしょうに」と、お桑は苦笑した。

「あたしはお武家のお嬢さんじゃありませんよ。所詮《しょせん》、喰《く》い詰め浪人の娘です。日々、食べることだけにあくせくして、情けない限りです」

美音の口調は自然に愚痴っぽくなった。お桑の手がその拍子に止まった。

「美音さんはこの先、どのような大人になりたいの？　ううん、もう子供じゃないですよね。二、三年したらお嫁に行かなきゃならないのですもの」

お桑は美音の将来を案じているようだ。

「お内儀さん、お嫁入りなんて考えたこともありませんよ。どだい、お嫁入りの仕度なんて、できない相談です。あたしが町家の生まれだったら、とっくに女中奉公に出されたはずです。そうせずに家にいたのは父の痩せ我慢《がまん》のせいです」

「痩せ我慢？」

「ええ。父は武家の娘がお金のために奉公に出るなど世間体が悪いと考えているのですよ。今の暮らしを他人様が見れば、父のお言葉も空《むな》しいものですのに」

「そんなことはありませんよ、美音さん。お父上はお侍《さむらい》の気概を失っておりません。ご立派ですよ」

父親を褒めた人間に美音は初めて会ったような気がした。美音は驚いてお桑をじっと見つめた。

「お侍はお金がなくても、ないという顔をしてはならないのです。空威張《からいば》りでも痩せ我慢でも、胸を張っていなければなりません。それがお侍というものです。反対に商家の場合はお金のある振りをしてはならないのです。お金のある振りをすれば、無駄なつき合いの掛かりが増えるからです。身なりも質素にして、少ないお金も骨を折って儲《もう》けるのが大事です。苦労して手に入れたお金は身から離れ難《にく》いものですからね」

「武家と商家はまるで考え方が逆ですね。でも、お金はやはりあったほうがいいと思います」

　美音は俯いてそう言った。

「美音さんは正直な娘さんですね。お手伝いをお願いして本当によかった。美音さんが倖せになれるよう、及ばずながらこのあたしも力になりますよ」

　お桑はそう言って柔和な笑みを見せた。美音は、それをうそと言わないまでも、その場限りのお愛想と受け取っていた。年玉物の作業が終わり、美音は幾らかの駄賃を貰《もら》って家に帰った。母親がその金で、慌てて米を買いに行ったのは情けなかったが、少しでも家計の足しになったと思えば嬉しかった。

　年が明け、三が日が過ぎると、西村屋から使いが来て、美音にお桑の身の周りの世話をして貰えないかという伝言があった。女中という言葉を避けたのはお桑の配慮であったろう。父親は年に一両の給金だと聞くと、表向きは渋い表情を取り繕いながらも承知してくれた。

　着替えの入った風呂敷《ふろしき》包みを持って家を出る時、美音はなぜか、ここに再び戻ることはないだろうという気がした。思えば、それは予感だったのかも知れない。

その通り、美音はお桑の手伝いをしながら、行儀作法を学び、山里屋の八代目金五郎の許《もと》へ嫁入りすることとなったのだから。

しかし、山里屋の嫁になるまでの三年の間に様々な苦労があった。それを乗り越えられたのは、お桑が身体《からだ》を張って美音を守ってくれたからだ。そうでなければ、美音は今頃、どこでどうしているか自分でも想像がつかない。

あれは奉公に上がって一年ほど経《た》った頃だった。住み込みの女中の一人が厠《かわや》で子供を産み落とすという事件が起きた。美音よりひとつ年上の娘で、太りじしの身体が仇《あだ》となって、子を孕《はら》んでいるのに誰も気づかなかったらしい。西村屋は台所仕事をする女中を五人雇っていた。住み込みの奉公人もいたので、食事の仕度ひとつ取っても大変だった。おとめという娘は十四歳の頃から西村屋に女中奉公に出ていた。引っ込み思案で、口が重く、食べることだけが楽しみのように見えた。身体の変調に気づいていても、それを相談する相手がいなかったらしい。他の女中はおとめを少しばかにしているようなところもあったからだ。

事件が起きてから、他の女中達から、そう言えば、おとめどんの様子がおかしかったという話がようやく出る始末だった。子供は助からず、また、おとめ自身も出産して三日後に亡くなってしまった。

土地の岡っ引きがやって来て、色々と調べたが、おとめの相手の男が誰なのかは、とうとうわからず仕舞いとなった。

西村屋は過分な香典をつけて、おとめの遺骸《いがい》を実家のある上沼袋村《かみぬまぶくろ》へ帰した。おとめのことは、しばらく近所でも噂になっていた。店の女中達の話題も、もっぱらそれだった。だが、美音が女中達の傍《そば》に行くと、さっと潮が引くように女中達は自分の仕事に戻ってしまう。女中達は美音のことをお桑の間者《かんじゃ》だと思っていたようだ。美音に対して打ち解けて話をしてくれる者はいなかった。

恐らく、女中達はおとめの相手に察しをつけていたのだろう。岡っ引きに口を閉ざしたのは店のためでもあったのだ。美音はおとめの相手のことなど見当もつかなかったが、何んとなく、店の人間ではないかという気がしていた。お桑はそれに対して何も言わなかったので、美音は少し不気味な気持ちを抱きながらも自分の仕事を続けていた。

それから半年後、美音はお桑に晒《さら》し木綿《もめん》を持って来るよう言いつけられ、蔵に行った。

蔵は母屋から渡り廊下を進んで行った先にあり、店の者が出入りできる戸口がついていた。

頑丈な鉄の扉もついていたが、日中は開けられていた。中には店の品物が保管されている。京から下って来る品物は通りに面している表の扉から運び込まれるのだ。

晒し木綿は薄い板を芯《しん》にして巻きつけられているが、美音はなかなか見つけられなかった。あちこち探し回って、ようやくそれを見つけた時、背後に人の気配を感じた。一番番頭の太助《たすけ》が「何をしている」と、咎《とが》めるような声で訊いた。

「お内儀さんに晒しを持って来るように言われましたので」

美音は低い声で応えた。太助は普段、店座敷の帳場に座り、手代と客のやり取りに眼を光らせている。だから、そこに太助が現れたことが、美音にとっては意外に思えた。

「お前さんのてて親は侍だそうだな」

太助は口の端を歪《ゆが》めたような笑みを浮かべて訊いた。

「はい……」

「だが、浪人に身を落とし、暮らしがなり立たないから、お前さんはうちの店に奉公に上がったんだな」

自分をばかにしているとは思ったが、一番番頭の太助に言葉は返せなかった。

「奉公となったら、身分なんざ関係がない。今のお前さんは西村屋のただの女中だ。

そうだろ？」

　太助が何を言いたいのかわからなかった。

「お内儀さんがお待ちになっておりますので、ごめんなさい、あたしはこれで」

　美音はそう言って太助の傍をすり抜けようとしたが、太助の手が美音の手首をぐっと摑《つか》んだ。

「何をなさるんですか！」

　美音はそう言ったつもりだったが、恐ろしさに声が詰まった。

「可愛い顔をしているじゃないか。いいねえ、若い娘は」

　言いながら太助は美音の身体を引き寄せた。晒しの束を持っていたため、美音は自由が利かず、そのまま床に押し倒されてしまった。

　太助は荒い息を吐きながら美音の着物の裾《すそ》に手を入れ、内股《うちまた》をまさぐる。美音は恐怖と恥ずかしさで、やめて下さい、やめてと叫んだ。誰か美音の悲鳴に気づいてくれないだろうかと思っても、母屋から離れた蔵の外に人の通る様子はなかった。

　美音は必死で抵抗した。閨《ねや》の交わりのことは、まだはっきりと知っていた訳ではなかったが、おめおめと太助の言いなりになるものかと、怒りを覚えながら思っていた。

　太助は執拗《しつよう》に美音に迫った。美音は身体を左右に振りながら、太助の力を逸《そ》らした。

拳骨《げんこつ》で殴られても美音は観念しなかった。

どれほどの時間が経っただろうか。さすがに四十五歳の太助も息が切れた様子で、僅かに力が弛《ゆる》んだ。美音はその隙《すき》に蔵を飛び出し、泣きながらお桑の部屋に行った。お桑は髷《まげ》の根が崩れ、着物の裾も乱れた美音の様子に事情をすぐさま察した。

「誰にやられた!」

甲走《かんばし》った声で訊いた。

「いいえ、お内儀さん、あたしは大丈夫です。すんでのところで難を逃れました」

太助の名は出せなかった。出してはいけないような気がしてならなかった。その時になって、美音は、おとめを孕ませた相手が太助だったのではないかと思った。

「畜生!」

お桑のしゃがれた声は、普段のお桑のものではなかった。お桑は美音をその部屋に残し、店座敷にいた主《あるじ》の喜兵衛《きへえ》を声高に呼び、二人で蔵に向かった。お桑は太助の狼藉《ろうぜき》にとっくに気づいていたのだ。だが、美音にも手を出したと知ると、これ以上、見て見ぬ振りはできないと決心を固めたらしい。

台所の女中達も騒ぎに気づき、蔵に様子を見に行った様子である。美音はその間に着物の乱れを直し、ほつれた髪を梳《と》かした。安堵《あんど》の気持ちが涙となり、美音はしばらく泣いた。

太助はその日の内に店から追い出された。

数年前に女房を亡くした太助は欲望のはけ口を店の女中に向けていたのである。その餌食《えじき》となったのがおとめだろう。おとめが他言しないのをいいことに太助は何度となくおとめをもてあそんだのである。おとめがいなくなり、太助は次に美音へ狙いを定めていたようだ。

太助の言い訳はいかにも憎らしかった。

「こんなことはどこの店でもよくあることですよ。たかが女中に乙《おつ》な気持ちになったところで、わたしが今までお店に尽くして来たことを考えれば、屁《へ》でもないでしょう」

主の喜兵衛は商売上、太助の存在を重く見ていたので、何んとかうまく収めたいと思っていたようだが、お桑が承知しなかった。

「あたしは犬畜生を奉公人に持った覚えはないよ。おとめのようなことが二度も三度も起きたら、西村屋の看板に瑕《きず》がつく。とっとと出てお行き」

お桑は太助の頬《ほお》に平手打ちをくれて怒鳴った。太助は「覚えていろ」と捨て台詞《ぜりふ》を残して店を出て行った。

太助はしばらくしてから、浅草《あさくさ》の呉服屋へ奉公したが、その時に西村屋の客もさらって行った。結果的には、それが西村屋の傾いた原因にもなったが、お桑は悔やむような言葉を一度も美音に言ったことがなかった。

西村屋が店仕舞いする少し前、お桑は懇意にしていた山里屋のお内儀に美音の嫁ぎ先を相談したらしい。山里屋の次男坊がまだ独り身でいたので、話はとんとん拍子に進んだ。

美音の父親は、やはり商家に嫁ぐ娘に難色を示したが、母親が賛成してくれた。こうして武家の娘だった美音は山里屋の嫁になったのである。

三

お桑の長男は女房の実家がある深川佐賀町《さがちょう》に戻り、お桑と喜兵衛も近所に家を借りて、そちらへ移った。美音の祝言には祝儀が届けられただけで、二人とも式には現われなかった。

美音はお桑のことをいつも気に掛けていたが、山里屋の嫁として覚えなければならないことが山積みだった。つい、無沙汰《ぶさた》が続いていた。それに加え、山里屋の長男が病を得て亡くなると、八代目金五郎の座が俄《にわか》に美音の亭主に回って来た。美音の亭主は、主を補佐する立場ではなく、正真正銘山里屋の主となったのだ。その張り切り方も尋常ではなかった。亡くなった兄のためにも山里屋を守《も》り立てて行かなければならないと肝に銘じていた。

お桑の訃報《ふほう》が届いたのは、それから三年後のことだった。もちろん、美音は悔やみに行った。元は繁昌《はんじょう》した西村屋のお内儀の葬儀とは思えないほど質素なものだった。美音はそんな最期を迎えたお桑にすまない気持ちでいっぱいだった。太助が店に留《とど》まっていたら、西村屋も傾くことはなかったはずだ。お桑に対して何んの恩返しもしていなかったことが心残りだった。

幸い、山里屋は金五郎のがんばりで身代はさらに大きくなった。三人の息子に恵まれた美音も倖せだった。その亭主が亡くなった時、美音はお桑のことを思い出した。あの時のお桑のように、自分も貧しい娘達を倖せな道へ導いてやりたいと。それがお桑に対する恩返しだと思ったのだ。

「ご隠居様、ちょっとお話が」

いつもの稽古の後、おふみが改まった顔で美音に声を掛けた。

「そう、わかりました。少し待っててね」

美音は応えて他の娘達を見送った。

娘達の稽古日は月に二度である。本当はもっと回数を増やしたいのだが、皆それぞれに仕事や家の手伝いがある。あまり無理は言えないのだ。朝の五つから一刻（約二時間）の時間を捻出《ねんしゅつ》するのも娘達にとっては容易でないのだ。美音は、自分の所で稽古する娘達を募《つの》った訳ではない。最初は懇意にしていた松代屋のお内儀が、この節の女中は礼儀や女としてのたしなみがない、ろくな縁談も来ないだろうとこぼしたのを聞いて、それじゃ、お店の仕事に支障がない日を見計らって、自分の所へ寄こすようにと言ったのがきっかけだった。やって来たのは、おふみの前に奉公していた女中で、おすずという娘だった。当時は十五歳だったから、礼儀や女のたしなみを望むのは無理というものである。おすずも格好の息抜きのつもりで訪れたのだ。頬が赤く、野卑な言葉遣いをする田舎《いなか》娘だった。

美音は最初からぎりぎり仕込んでも続かないだろうと考え、天気がよければ二人で散歩して、天秤棒を担《かつ》いだ振り売りが通れば、その商売の当てっこをして楽しんだ。

おすずは前髪頭の少年が頰に皹《ひび》を切らしてしじみ売りをしているのを見て、涙をこぼした。親の稼ぎが少ないから、少年はそうしてしじみ売りをしなければならないのだと。

「そうね」と、美音は静かに応えた。それからおすずはお金さえあれば、人は誰でも倖せになれるのにと言った。美音はそれに対し、何も応えなかった。

次におすずがやって来た時、美音は日本橋の呉服屋へ連れて行った。なに、ひやかしである。反物を選ぶ振りをしながら、その店を訪れる客の一人をおすずに見せるつもりだった。

深川の材木商のお内儀で、季節ごとに着物を誂《あつら》える女だった。ろくに値段も聞かず、手代や番頭に勧められるままに品物を買い、すぐさま仕立てに回して貰う。その呉服屋は得意客に中食《ちゅうじき》を出す習慣なので、どうぞこちらへとお内儀を別室へ案内した。手代や番頭にちやほやされるお内儀は上機嫌だった。

「ご隠居様。世の中は、上には上があるものだねえ。あんな人、初めて見たよ」

おすずは心底感心していた。

「おすずさんも、あのお内儀さんのようになりたい?」

美音は試しに訊いた。

「もちろんだよ。あたし、奉公に出る時、おっ母《か》さんに古着屋で木綿の着物と帯を買って貰っただけで、他には浴衣《ゆかた》ぐらいしかないもの。お金に糸目をつけず着物を買えるなんて羨《うらや》ましい。旦那さんは文句を言わないのかな」

「言わないと思いますよ」

「商売がうまく行っているからだね」

「それもありますが、ご亭主が文句を言えない事情もあるのですよ」

「どんな事情なんだ?」

おすずは興味津々という表情で訊いた。傍にいた手代が、美音の言葉に苦笑した。

「手代さん、あんた、知ってるね」

おすずはその手代をまじまじと見た。

「いいえ、わたしは何も存じません」

若い手代は慌てて否定した。

「あなたはできた方ですね。お客様の噂話をしないのは奉公人の鑑《かがみ》ですよ」

美音は手代を褒めた。手代はまた苦笑して鼻を鳴らした。店から出て、美音はおすずに事情を説明した。あのお内儀の亭主は外に妾《めかけ》を囲い、ろくに家に戻らないので、お内儀は寂しさを紛《まぎ》らわせるためと、亭主に当てつける意味で散財しているのだと。

「お金があっても倖せじゃないこともあるのか」

おすずはようやく気がついてくれた。そうした世の中の流れを教えてから、美音はおすずに手習いや生け花の稽古をさせ、お金を掛けずに装うことや、肌を美しく保つ方法、他人から美しく見えるような所作を教えた。

二年後、おすずは見違えるような娘になり、本所《ほんじょ》の青物屋の息子に見初《みそ》められて嫁入りした。今は三人の子供に恵まれて倖せに暮らしている。松代屋はおすずのことがうまく行ったので、それ以後も美音に女中達の指南を頼んでいる。おふみはおすずの後釜《あとがま》だった。他の娘達も松代屋のお内儀の勧めで、やって来たのだ。

部屋に戻ると、おふみは庭の様子を眺めながら座っていた。美音は内心で、おふみに誰か好いた男でもできたのではないかと思っていた。

「さあ、皆さんもお帰りになったことですし、遠慮なくお話しなさいな。あたしに折り入って相談したいことがあるのですね」

美音が訳知り顔で言うと「いえ、あたしのことではなく、あさみさんのことで少し気になることが」と、おふみは言い難《にく》そうに口を開いた。

「あさみさん？　あさみさんがどうかしまして？」

美音が怪訝《けげん》な顔で訊いた。

「あさみさんのお母上は以前より、うちの店を訪れておりました」

あさみの母親は当座の金に困ると、着物や紋付を質に入れていたようだ。しかし、それは珍しいことではないと美音は思っている。

小普請組は家禄《かろく》だけで役禄はつかない。皆、内職で暮らしの不足を補っているのだ。切羽詰まれば質屋を利用することにもなろう。

「あさみさんの弟さんはそろそろ元服を迎えるお年頃なので、お父上はこの際、弟さんに家督を譲って隠居したいご様子なのです」

おふみは低い声で続ける。

「あさみさんのお父上が隠居なさるのは、少し早いような気もしますが」

「ええ。お父上はまだ四十前ですが、どうも病を得ているようなのです」

その話は初耳だった。

「それでは是非もありませんねえ」

「弟さんが家督を譲られ、これまで通り小普請組の一人としてお務めなさるのなら、それはそれで構わないと思います。でも、弟さんが新たに出仕《しゅつし》なさるとすれば、それなりのことをしなければならないですよね。お披露目《ひろめ》のことか何か……」

「それはそうですね」

「あたしが心配しているのは、弟さんの紋付も袴《はかま》も質草にして、悪いことに流れてしまっているのですよ。このままでは弟さんがお城に出かけることもできやしません。

いったい、この先、どうするのかと」

「あなたはあさみさんに同情しているのですね。それは見上げた心ばえですよ。短い間にあなたは他人を思いやる気持ちも身につけたようですね」

褒めたつもりだったが、おふみは嬉しそうな顔もしない。

「ご隠居様、近頃悪い噂を耳にしまして、それでご隠居様にお知恵を拝借したいと思いまして」

「悪い噂とは？」

そう訊いた美音に、おふみはすぐには応えなかった。重ねた手を擦《こす》り合わせ、落ち着かない様子である。

「さあ、おっしゃって。おふみさんはそれがおっしゃりたかったのでしょう？」

話を促すと、おふみは決心を固めたように顔を上げた。その眼が涙で潤んでいた。

「あさみさんは……あさみさんは吉原《よしわら》へ売られることになるかも知れません」

そんなばかな。浪人でもあるまいし、小普請組とはいえ、ご公儀のれきとした役人ではないか。美音は激しい憤りを感じた。娘を犠牲にして弟を出仕させても、どこからか噂が洩《も》れる。小久保の家は娘を売ったのだと。

「そんなことが許される訳がありませんよ」

美音は声を荒らげた。

「ごめんなさい、ご隠居様。これは噂なので、もしかしたら、あたしの思い過ごしかも知れませんが」

おふみは慌てて言い繕った。

「でも、火のない所に煙は立たないと申しますから、あたしも心配になりました。はっきりした事情はどうしたらわかるかしら。あさみさんにお訊ねする訳にも行かないし」

「うちのお内儀さんに、そっとお訊ねしてみましょうか。きっと何かわかると思いますので」

「ちょっと待って。あなたはその噂を誰から聞いたの？」

「店の番頭さんです。お武家もこうなりゃ哀れなものだと、番頭さんは嘆《なげ》いておりました」

「そう……」

あさみのことは美音が考えているより話が進んでいるのかも知れない。ぐずぐずしている暇はなかった。

「ありがとう。よく知らせてくれましたね。あたしも何か手立てがないか考えてみますよ」

そう言った拍子に、美音はあさみが以前に自分に問い掛けた言葉を思い出していた。あさみは意に染まない縁談は断っていいのかと美音に訊いたのだ。美音は即答を避け、相手のことをよく調べろと助言した。調べている内に相手の欠点も見えてくるから、それを断る理由にしろと。

思えば、あの時からあさみの身辺に何かしらの変化があったのだろう。

おふみが帰っても、美音はしばらくあさみの白い顔が頭から離れなかった。吉原に売られるのが単なる噂であっても、それに近いようなことがあさみに持ち上がっているのだと思った。

あさみの近所は何か気づいているかも知れない。そう思うと、美音は外出の用意を始めた。

四

一月の末になると、さすがに通りの雪は姿を消し、代わりに所々、ぬかるみが眼につく。

美音は一人で出かけるつもりだったが、山里屋の古参の女中が目ざとく美音に気づき、伴を買って出た。美音は仕方なく一緒に出かけることにした。

あさみの家は常盤橋御門《ときわばしごもん》近くの本町《ほんちょう》通りにある。その近辺は商家が多く、武家屋敷は少ない。

あさみの家は、元は長屋門《ながやもん》のある立派なものだったそうだが、今は表通りに面している場所を他人に貸し、一家はその陰にひっそりと暮らしている。地所を借りているのは小間物屋で、「鍵屋」という暖簾《のれん》が下がっている。元は鍵師《かぎし》をしていたのかも知れない。

女中のおひでは、ここまで来ると「この裏手は確か、小久保様のお嬢様のお家《うち》でしたね」と、言った。

「ええそう。あさみさんのことで、少し気になることがあるのですよ。おひで、あたしの力になっておくれかえ」

「もちろん!」

二十八歳のおひでは自分の胸を拳《こぶし》で叩《たた》いた。おひでは山里屋の手代と一緒になり、近所の裏店《うらだな》に住んでいた。五歳になる娘を姑《しゅうとめ》に預け、通いで奉公を続けている。手短に事情を説明して、美音はおひでをその店にやって、話を訊くよう言いつけた。おひでは気後れせずに暖簾を掻《か》き分けた。こういう時、古参の女中は役に立つ。若い女中なら、もじもじしてしまうからだ。

おひでは美音をさほど待たせることなく店から出て来ると「ご隠居様、わかりましたよ」と、張り切った声を上げた。

美音は詳しい話を聞くため、近所の蕎麦《そば》屋に入った。せいろをふたつ注文してから「で、どんな様子だったかえ」と、おひでに話を急《せ》かした。

「小久保のお嬢さんに後添《のちぞ》えの話が持ち上がっているそうですよ」

「後添え？」

「ええ。お相手はお上の目付《めつけ》をしていらした方で、数年前に奥様を病で亡くしているんですよ。それで、隠居した後に何かと身の周りが不自由なので後添えをお迎えする気になったそうです」

おひでは澱《よど》みなく喋る。

「その方は、いったい幾つになるのだえ」

「五十六だそうです」

「………」

自分とさほど年の違いがない。美音は言葉に窮した。

「でも、お嬢さんがその話をお受けすれば、小久保のお家に何らかの援助があり、弟さんも出世なさるだろうと、小間物屋さんのお内儀さんはおっしゃっておりました」

相手の男は自宅を出て、今は浅草田町《たまち》の寮《りょう》（別荘）に住んでいるという。そこは吉原に近い場所なので、あさみが吉原へ売られるという噂が立ったらしい。美音は最悪の事態でなかったことに少しほっとしたが、だからといって吉原に売られるよりまし、とも思えない。あさみはまだ十六歳の娘だ。

「きっと、あさみさんはお相手のお子達より年下なのだろうね」

美音の声が低くなる。

「お孫さんは十四になるそうですよ。男は幾つになっても若い娘が好きなのですね。」

あたし、いや〜な感じがしました」

「あたしだって、いやだよ」

「お嬢さんは承知するのかしら」

「家のため、きょうだいのためなら承知するだろうね」

その時の美音はあさみをどうしてやることもできないと思った。ほどなく、せいろが運ばれて来ると、おひでは嬉しそうに蕎麦を啜《すす》り出した。

「よかったら、あたしの分もお食べ」

そう言うと、おひでは満面の笑みで「ありがとうございます。あたし、お蕎麦が好物なんです」と応えた。美音はつかの間、笑顔になったが、すぐに深いため息をついていた。

もしも、昔の自分にあさみのような話が持ち上がったら、両親はどうしただろうと思った。西村屋のお桑は美音の父親のことを侍の気概のある人物だと言った。浪人をしていても娘が商家に奉公するのを表向きはよしとしなかった。恐らく、後添えの話は断固反対しただろう。そう思いたい。だが、美音が山里屋の嫁になってから、実家の無心は度々続いた。

美音の亭主はそれを悪い顔をせずに出してくれた。心底、ありがたいと思っている。そのお蔭《かげ》で弟妹達は何んとか成人するに至った。

父親は早くに亡くなったが、葬儀の時には昔の同僚も何人か訪れ、その中の一人が美音の一家にいたく同情を寄せ、長男である弟を本所の津軽《つがる》藩の馬廻《うままわ》り役に抱えられるよう尽力してくれた。それから母親は残された子供達の養育につとめ、それぞれ行き先が決まると長男の所へ身を寄せ、何んの憂いもなくあの世へ旅立ったのだ。

今は、弟妹達とは盆暮に、互いに付け届けをするぐらいで、さしてつき合いはないが、弟妹達がそれぞれに倖せに暮らしていると思えるだけで美音は満足だった。

自分は倖せになったが、あさみはどうなるのだろうと、美音は頭を悩ませた。あさみが後添えになることを承知すれば、弟の出世が望め、一家は安泰と言うが、あさみの女としての倖せが約束されるとは限らない。相手の年が年だ。相手が長生きしてくれるのならまだしも、五十六歳では心許《こころもと》ない。これで子供でもできたら何んとしよう。幼い子供を抱えたあさみが喪服姿で涙にくれる姿など想像したくもなかった。

あれこれ考えると美音は食欲も失《う》せ、隠居所にじっとこもることが多くなった。

「おっ母さん」

長男の金五郎が珍しく隠居所に顔を出した。山里屋は代々、金五郎を襲名している。美音の息子は九代目の金五郎だ。

「何か用事かえ」

「別に用事ってほどでもないが、この間、おひでと一緒に出かけてから、おっ母さんが大層塞《ふさ》いでいるように見えたんでね」

金五郎は着物の上に屋号の入った松葉緑の半纏《はんてん》を羽織っている。店の目玉商品である蚊帳の色に印半纏の色も合わせているのだ。

その印半纏を見ただけで、江戸の人々は山里屋の人間だと判断できる。その色が好きだと、美音は心底思っている。夏から秋口に掛けて、夜ともなれば美音も蚊帳を吊《つ》るが、まるで森の中にいるような心地《ここち》がして落ち着く。二代目金五郎の慧眼《けいがん》に改めて頭が下がる思いもした。

蚊帳の色は藍《あい》に刈安《かりやす》という染料を加えて出す。その加減が結構難しい。ぱっと明るい萌黄《もえぎ》色を用いる店もあるが、山里屋はそれより少し暗めの緑色だ。まさしく松葉緑の名がふさわしい。これも長年の試行錯誤の末に落ち着いた色だった。

蚊帳は米に換算すれば二石か三石にも当たる高価な物だ。庶民がおいそれと手にすることはできない。蚊帳がなければ盛大に蚊《か》遣《や》りを焚《た》いたりするしかなかった。

山里屋は売った蚊帳の修理も引き受けていた。長男は店の主を張っているが、次男の武次《たけじ》は蚊帳の染めと仕立ての管理を行い、三男の旬助《しゅんすけ》は修理を専門に引き受け、兄弟で店を守り立てていた。息子達が他家に養子に行かなくても済むほど、山里屋の身代が大きいということでもあった。

「何んでも小久保様のお嬢さんのことで、おっ母さんは悩んでいるらしいね」

三十五歳の金五郎は訳知り顔で言う。近頃は亡き亭主によく似てきた。

「お喋りな人だこと。よその娘さんのことより、自分の所の女中の躾をするんだった」

美音は自嘲《じちょう》的に応えた。

「年寄りの後添えになるなんざ、あの娘も気の毒だ」

金五郎は美音に構わず言う。

「まあ、お前が事情を知ってしまったのだから隠してもしょうがないから話すけどね、禄の少ないお侍は哀れなものですよ」

「どうしても小久保のお嬢さんは後添えに行かなきゃならないのかな」

金五郎は天井を見ながら独り言のように呟《つぶや》いた。美音はあさみの父親が病に陥っていることや、弟が家督を譲られても衣服の用意ができず、お城へ挨拶にも行けないことなどを手短に話した。

「それが後添えに入ることで、すべて丸く収まるのかい」

金五郎は納得できない表情をしている。

「元は目付をなさっていたなら、弟さんの出世にもひと肌脱いで下さるだろうし」

「そうかな。お務めを退《の》いたら、それほどの力は期待できないと思うよ。お上のまつりごとだって時代とともに変わるし、倅《せがれ》がてて親の後添えの弟に便宜を図るとも思えないよ。倅は、いい年して若い娘を後添えにするてて親を苦々しく思っているかも知れないよ。面と向かって言わないだけで」

「そうだねえ……」

美音は低い声で相槌《あいづち》を打った。

「小久保のお嬢さんは、商家に嫁入りする気持ちはあるだろうか」

金五郎は突然、そんなことを言った。

「商家って、どこ？」

「うちの店だよ」

「……」

「旬助も二十五になったから、そろそろ女房を持たせたいと、うちの奴《やつ》と話し合っていたんだ。小久保のお嬢さんとなら年回りもちょうどいいし」

長男と次男は女房を迎えているが、末っ子の旬助だけは、まだ独り者だった。

「でも……」

「おっ母さんは反対かい？」

「あさみさんのご両親が何んとおっしゃるか」

自分の息子とあさみを引き合わせようとは、夢にも考えたことがなかった。

「お嬢さんの弟の仕度ぐらい、うちはできるし、日々の暮らしの掛かりも贅沢《ぜいたく》しなけりゃ面倒を見てやれるよ。どうだい、おっ母さん」

「旬助は何んと言っているの？」

「あいつは小久保のお嬢さんがうち へ来た時から一目惚《ぼ》れしていたらしい」

それには少しも気づかなかった。

「じゃあ、お前、骨を折っておくれかえ。誰か仲人《なこうど》を探して、その方に口添えをして貰っておくれ」

「合点承知之助《がってんしょうちのすけ》。そういうことなら、すぐに向こうへ使いをやるわ」

金五郎は張り切った声を上げた。どうやら、仲人の心当たりがあるようだ。

「誰に頼むつもりだえ」

美音にはさっぱり見当がつかなかった。

「わからないってか？」

「ああ」

「小久保様はお武家だから、仲人もお武家の人間のほうがいいだろう。さて、誰でしょう」

金五郎は謎掛《なぞか》けするように悪戯っぽく訊いた。

「焦《じ》らさないで教えておくれ」

「本所の叔父《おじ》さん」

「まあ」

「叔父さんのお蔭で、うちの品物を津軽様のお屋敷が買い上げてくれたこともあったんだよ。おれが礼を言うと、昔はおっ母さんにさんざん世話になったから、こんなことでよければいつでも力になるって。だから、今度のことも快く引き受けてくれるはずだ」

金五郎がそう言うと、美音は嬉しさで思わず涙が込み上げた。弟は自分のことを忘れていなかったのだ。それだけでなく山里屋の商売にも便宜を図ってくれていたのだ。

「おっ母さんは自分のきょうだいにも優しい姉さんだったんだね。だから叔父さんもおっ母さんの恩に報いようとしているのさ。おれはそう思う。だけど、小久保のお嬢さん、うちの旬助を気に入ってくれるかな。それだけが心配だよ」

金五郎は我に返ったように言う。

「五十六の年寄りより、旬助のほうがいいに決まっているじゃないの。旬助、結構、男前だし」

「親ばかだなあ」

金五郎は呆《あき》れ顔をした。だが、善は急げだ、と言って、金五郎はすぐに部屋を出て行った。まだ何も決まった訳ではないが、美音は安堵していた。頼りになる息子と弟に恵まれ、しみじみ倖せも感じた。

五

美音の弟の甲崎甚太夫《こうざきじんだゆう》は、間もなくあさみの家を訪れ、父親の小久保彦兵衛に旬助との縁談を勧めた。彦兵衛はそれに対し、深い感謝の念を示しながらも、やんわりと拒否した。

痩せても枯れても娘を商家に嫁がせるつもりはなかったらしい。

甚太夫は、実は自分の父親も浪人をしていて、長女の美音も本来は武家に嫁ぐのが筋であったが、一家のために山里屋の嫁になったのだと明かした。美音にはすまないが、そのお蔭で自分がこうして武家の身分を全うできた、お家の恙《つつが》ない存続を願うならば、美音の前例もあることだし、ここは曲げてご承知いただきたいと、熱心に説得したという。

小久保家が貧苦に喘《あえ》いでいたのは、小普請組という役職のせいではなく、彦兵衛の父親の代からの借財のせいだった。ここで、あさみが先様の話を承知すれば、ひと息つけるのだと、彦兵衛は苦しい胸の内を伝えた。

その借財がいかほどのものか見当がつかなかった甚太夫は、一時は引き下がるよりほかはないと諦《あきら》め掛けた。しかし、あさみの母親の瑞穂《みずほ》が「いえ、わたくしは藤巻様《ふじまき》の許へあさみを行かせるより、山里屋さんにお任せしたいと存じます」と、自分の意見を述べた。

藤巻とは田町の寮にいる隠居の名前だった。

瑞穂はそれまで、夫の意見に決して逆らったことのない女だったので、彦兵衛は面《めん》喰《く》らい、言葉に窮した。しばらく居心地の悪い沈黙が続いた後、彦兵衛は瑞穂の後ろに控えていたあさみに「お前はどうしたいのだ」と、試すように訊いた。内心では小久保の家のために藤巻様のお話をお受け致します、と応えるものと考えていたらしい。だが、そうではなかった。

「あたしは山里屋さんのご隠居様がお姑となるなら、これ以上の倖せはないと存じます」と、きっぱり言った。年寄りの藤巻より若い旬助がよいとは言わず、美音のことを持ち出したあさみの返答はまことに見事だった。相手の気持ちを損ねることなく、断りの理由を述べたところは美音の指南の効果も確かにあったようだ。

あさみにそう言われては彦兵衛も反論できなかった。表向きは渋々、承知した。それを聞いて、美音は彦兵衛の姿が自分の父親と重なった気がした。あさみが自分の息子の嫁になることは亡き父親の導きでもあったろうかと思えた。

昔は武家の娘が商家に嫁ぐなど考えられないことだった。美音の娘時代までは特にそうだった。今は武家の身分を売る人間も出ているご時世である。町人や農民が武家の身分を手に入れ、嬉々《きき》としている様には美音も内心で複雑な思いを抱いている。だが、人間は日々、食べて行かなければならない。生きて行かねばならない。自分が商家の人間になったからではないが、身分を守るため、貧苦に喘ぐ必要はないのではないかと思っている。むろん、お金のために若さを犠牲にする必要もないはずだ。何より、美音は夫の情愛を深く感じて、これまで倖せな人生を歩んで来られた。

あさみが倖せになることは小久保の家も倖せになる近道だと美音は信じていた。弟の甚太夫に色よい返事を貰った美音は、すぐさま末っ子の旬助を部屋に呼び、これからの心構えと覚悟を促した。お前は商家の身分でありながら、畏《おそ》れ多くも武家の娘を女房にするのだ、自分を果報者と思い、あさみに思いやりを持ち、また、あさみの実家にもできるだけ力になるようにと。

旬助は嬉しくてならない、とは言わなかったが、今以上に家業に励みますと応えた。その顔を見ただけで美音は安心した。旬助は晴ればれとした表情で美音に笑顔を見せていたからだ。

「瓢簞《ひょうたん》から駒《こま》って、こんなことを言うのかしらねえ」

おふみは悪戯っぽい顔であさみを見る。いつもの稽古の日のことだ。美音はその日、集った娘達にあさみと旬助の朗報を伝えたのだ。

口々におめでとうございますと祝いの言葉を述べた後で、おふみが感想を洩らした。他の娘達は声を上げて笑ったが、きなは「あさみさんが羨ましい」と本音を言った。

「きなさん、これも縁というものですよ。でも、この先どうなるかは誰にもわかりません。それでも、真面目《まじめ》に精進していれば、そうそう悪い結果にはならないと思います。きなさんにも、きっとよいご縁があるようにあたしも心掛けておくつもりですよ」

美音はきなを励ますように言った。

「ご隠居様、きなさんには好いたお方がいらっしゃるのですよ」

魚屋の娘のおうたが訳知り顔で口を挟んだ。

「おうたちゃんのお喋り！」

きなは顔を真っ赤にしておうたを詰《なじ》った。その話は初耳だった。

「きなさん、よろしかったらお相手のことを話して下さいな」

美音はやんわりと訊いた。きなは恥ずかしそうに俯いて、なかなか口を開かなかった。

「ご隠居様は心配していらっしゃるのよ。きなさん、打ち明けたら？」

あさみも事情を知っていたようで、きなに話すよう促す。

「でも、どうなるかわからないし……」

きなは唇を嚙《か》み締めている。

「ご隠居様、きなさんのお相手はご公儀の奥医師をなさっている田中龍安《たなかりようあん》様のご子息で、田中龍青《りようせい》様とおっしゃる方です。今は長崎で修業をしておりますが、来年の春には江戸へ戻るご予定です。お二人は互いに気持ちを通わせておりますが、龍青様のお父上はお二人のご祝言に反対されているようなので、きなさんがお気の毒なのです」

あさみはきなの気持ちを慮《おもんぱか》って言った。そんなことまでおっしゃらなくても、と、きなはぶつぶつと低い声で呟いている。

「大丈夫ですよ、きなさん。お二人の気持ちがしっかりしておれば、きっと一緒になれますよ」

美音は笑顔で言った。

「本当ですか、ご隠居様」

きなは縋《すが》るような眼で訊く。今まで小さな胸を痛めていたようだ。美音は不憫《ふびん》な思いがした。

「多少の障害があったほうが、お二人の気持ちが強く結びつくというものです。来年、お相手が江戸にお戻りになったら、あたしもさっそく、あらゆるつてを頼りに腰を上げるつもりです。お相手のお気持ちが離れて行かないように、きなさんはますます磨きを掛けなければなりませんよ。丁寧に顔を洗い、なるべく日焼けせぬように、間食を控えて無駄な肉を身体につけないようにね」

美音がそう言うと、小間物屋のおはつは、「女は大変」と大袈裟《おおげさ》に顔をしかめた。その言葉に娘達は笑い声を立て、きなもようやく笑顔を見せた。そのあとで、おはつは自分の店のへちま水の宣伝を始めた。他の娘達は興味深そうにおはつの話に耳を傾ける。

湯屋でぬか袋を使うだけじゃ駄目なのかとか、お手製の化粧水を拵《こしら》えて使っている人もいるが、それは効果のあることなのかとか、ひとしきり化粧談義に花が咲いた。

美音は娘達の話を聞きながら、そっと障子を開けた。その時、塀の外から気の早い蚊帳売りの触れ声が聞こえて来た。

「萌黄の～蚊帳～」

蚊帳売りの触れ声は長く伸ばすのが特徴だ。

しかし、それは山里屋ではなく、他の蚊帳店のものだった。

（萌黄じゃなくて、山里屋の松葉緑の蚊帳が極上というもの）

美音は胸で独りごちた。松葉緑は美音にとって倖せの色だった。そしてこれからは、あさみにとっても倖せの色となるはずである。

庭の松は美音の思いに応えるかのように枝を揺らしていた。

その日も一日、天気は続くようだ。

カスドース

西條奈加

西條奈加（さいじょう・なか）
一九六四年北海道生まれ。二〇〇五年に「金春屋ゴメス」で日本ファンタジーノベル大賞、一二年に『涅槃の雪』で中山義秀文学賞、一五年に『まるまるの毬』で吉川英治文学新人賞、二一年に『心淋し川』で直木賞を受賞。著書に『九十九藤』『銀杏手ならい』『猫の傀儡』『亥子ころころ』『せき越えぬ』『わかれ縁』、「善人長屋」シリーズなど。

麹町《こうじまち》は、半蔵門《はんぞうもん》から西に向かって、ゆるい弧《こ》を描く蛇のように長く伸びている。

その中ほど、六丁目の裏通りに、南星屋《なんぼしや》はあった。

間口一間《いっけん》のささやかな構えの店は、屋号の珍しさより他は、とりたてて目立つところもない。この辺りは北に番町《ばんちょう》、南に外桜田《そとさくらだ》と、武家屋敷ばかりが軒をつらね、自ずと武家相手の店が多い。菓子屋にしても、立派な箱に入った贈答用の品を商う店がほとんどで、表通りにいくつも看板が見える。そんな麹町の菓子店の中で、南星屋だけは一風変わっていた。

二枚の板戸は、昼まではぴたりと閉じられている。昼の一刻《いっとき》前を告げる四つの鐘が鳴ると、ちらりほらりと客の姿が見えはじめ、店の前には小さな列ができる。時が経つうちにしだいに長さを増し、多いときには四、五十人もの溜まりとなる。毎日のことだから客の方も慣れたもので、往来の邪魔にならぬよういくつも折れ曲がった列を作り、客同士互いに世間話に興じながら開店を待つ。

そして昼の鐘とともに、中から板戸が外されて、待ちに待った開店を迎える。

「皆さま、お待たせ致しました。本日も南星屋にお運びいただき、ありがとうございます」

この正月で十六になった看板娘、お君《きみ》が、張りのある声で口上を述べ、客からは必ず決まり文句が返る。

「お君ちゃん、今日の菓子は何だい？」

南星屋には、店の看板となる菓子はない。一日に商うものも二、三品に限られて、その品書きも毎日のように変わる。主人は季節ごとに十《とお》ほどの菓子を見繕《みつくろ》い、仕入れの具合や天気、あるいは主人の気分次第で、その日に出す菓子を決めていた。

そして何より客の目当ては、江戸では滅多に食べられない珍しい菓子にあった。

「今日は武蔵熊谷《むさしくまがや》の五嘉棒《ごかぼう》と、伊予松山《いよまつやま》の桜羊羹《さくらようかん》でございます」

お君が見本の品をならべた盆を、客の前にさし出した。

「桜羊羹たぁ、いまの時季にぴったりだ。へえ、本当に桜色をしているんだな」

先頭の男が珍しそうにしげしげとながめ、後ろにならんだ者たちも釣られたように身を乗り出して覗《のぞ》きこむ。

「もう一方のこいつは、どんな菓子だい？」

客の男が、太い親指くらいの菓子を示す。看板娘の傍《かたわ》らから、やさしい声がこたえた。

「飴《あめ》で固めたおこしを、きな粉と飴を混ぜた皮で巻いて、さらにきな粉をふって仕上げました。日光《にっこう》や秩父《ちちぶ》など、関八州《かんはっしゅう》ではあちこちにありますが、武蔵熊谷の五嘉棒がもっとも味が良いそうです」

淀《よど》みなくこたえたのは、お君の母親のお永《えい》だった。

「そいつは旨《うま》そうだ。じゃあ、羊羹一本に、そいつを八つもらおうかい」

「こっちは羊羹二本、五嘉棒を十五包んでくれ」

「はい、ありがとうございます！　こちらのお客さんは四十四文《もん》、そちらさんはしめて八十五文になります」

お君が声を張り上げて、てきぱきと客をさばきはじめる。母親が菓子を包み、お代を受けとり釣りを渡す。客足は途絶えることがなく、土間より一段高い畳の上に交互に積まれた菓子盆の山は、みるみる嵩《かさ》が落ちてゆく。ほんの一刻ばかりのうちに品はほとんどなくなって、

「あいすみません、あと羊羹五本、五嘉棒二十二となりました。こちらより後ろにお並びのお客さまは、日を改めてお越しください」

八つの鐘が鳴る前に、お君は品切れを予告した。後ろにいた客たちが、がっかりし

た面持ちで店の前から散ってゆく。最後の品は三人の客が相談して分けあい、この日も南星屋は、店に出した菓子をすべて売り切った。

「もう品切れか。今日はまた、一段と早いな」

最後の客が包みを待っていると、笠をかぶった坊主がひとり、店先に現れた。色のさめた墨色《すみいろ》の袈裟《けさ》は粗末なもので、丸い笠の下からは、ひどくエラの張った四角い顎《あご》がのぞく。

「あら、いらっしゃい、五郎《ごろう》おじさん。奥へどうぞ」

お君は気軽に声をかけ、坊主は勝手知ったるようすで、店の脇から母屋《もや》の玄関へまわった。

「またずいぶんと小汚い坊さまだが、南星屋と縁《ゆかり》の者かい？」

「知らねえのかい？　あの坊さんは、ここの主人の弟さ」

「へえ、あの乞食《こじき》坊主が……おっと、すまねえ」

客同士の話に、お君はころころと笑った。

「おじいちゃんの菓子を、毎度ねだりに来るんですもの。物乞《ものご》いとあまり変わらないわ」

よく通るお君の声は、奥の居間へも届いた。

笠を脱いだ坊主がむっとして、主《あるじ》の治兵衛《じへえ》が吹き出した。

「まったく、誰が乞食坊主だ。相典寺《しょうてんじ》の大住職、石海《こっかい》をつかまえて」

厚切りの桜羊羹を大きな口に放り込み、坊主がぶつぶつと文句をたれる。

今年還暦を迎えた兄は、おかしそうに顔をゆがめ、弟に茶をさし出した。

「だいたいわしは、この店の名付親だぞ。商いものくらい、いくら食べても罰《ばち》は当たらん」

「おまえがどうしてもと、言い張ったんじゃねえか。おれは何やらこそばゆくて、乗り気になれなかったのによ」

長い赤ら顔と、耳たぶのたれた福耳は、七福神の寿老人《じゅろうじん》に似ている。治兵衛は若い頃から、よくそう言われてきた。石海は、寿老人にちなんで店の名をつけた。南星とは南極星のことで、寿老人はその化身とされた。

「名付親たる徳の高い僧が、わざわざ身をやつして来てやっているというのに、近頃はお君坊にまで軽く見られる始末だ」

本当なら金襴《きんらん》の袈裟をまとい、お供の僧を引き連れて、立派な駕籠《かご》で乗りつける身分の、格の高い住職だ。貧しい身なりでこっそりと寺を抜けてくるような真似をするのは、昔から悪戯《いたずら》好きだった、この弟らしい茶目っ気だった。

どっかと胡座《あぐら》をかいた坊主は、ずずうっと盛大な音をさせて茶を飲んだ。

治兵衛が思わず、くくっと笑う。

「その行儀の悪さじゃ、お君も敬《うやま》いようがねえやな」

「寺では朝から晩まで気が抜けんのだ。ここにいるときくらい、楽をさせろ」

相典寺は四ツ谷《よや》にある大きな寺で、麹町からはごく近い。日頃は何十人もの僧侶の長《おさ》として勤行《ごんぎょう》に励み、それだけの大刹《たいさつ》ともなれば、公儀《こうぎ》や大名、他の寺とのつきあいなど何かと用事も多い。月に二、三度南星屋を訪れて、大好物の菓子を腹いっぱい食べるのが、住職の何よりの楽しみであるようだ。

「この羊羹もいけるが、やはりこの前のカステラがひときわ旨かった」

「印籠《いんろう》カステラか。あれはもう作らねえよ」

「なんだ、もうお蔵入りか。今日もあるかと楽しみにしていたが」

「カステラは卵なんぞが高くてな。やはりうちみたいな小店が商うには分不相応だ。カステラを置く店なら、江戸にもいくつもあるしな」

南蛮《なんばん》渡りのカステラは、大身《たいしん》の武家や裕福な町人のあいだでは、昨今もてはやされている。ただ、未《いま》だに進物用の高級な菓子だから、なかなか庶民の口には入らなかった。

治兵衛は仕入値を精一杯抑えたが、ちょうど印籠くらいに切ったカステラは、一個三十六文と店では破格の値となった。それでも買っていく客は後を絶たず、評判も良かった。

たった三日で南星屋から姿を消したのには、治兵衛しか知らない別の理由があった。

「あれはただのカステラじゃなく、もっとしっとりして甘みも濃かった。おそらく糖《とう》蜜《みつ》をからめて、砂糖もまぶしてあったろう？　カステラは他所《よそ》でいくつも食べたが、あんな変わり種は初めてだ」と、石海が講釈する。

カステラという菓子は、嚙《か》むとさっくりして、乾いた感じのするものだった。西国ではそれが好まれず、やがて生地に水飴《みずあめ》を混ぜ、しっとりとしたカステラができるのだが、それはもっと時代が下ってからのことになる。

「相変わらず、よく肥えた舌だな」と、治兵衛は薄く笑った。

「……ただ、ずっと昔、一度だけ味わったような気もする。だが、どこで食したものか、どうにも思い出せなくてな。兄上は、覚えてないか？」

石海は探るような目をしたが、さあな、と治兵衛はかるく流した。

「あれはカステラに、ちょいと手を加えてみた、ただそれだけの代物《しろもの》だ。坊さまになっても、食い気の煩悩《ぼんのう》だけはいつまでも落ちねえな」

「酒も魚も女も法度《はっと》なんだ。菓子くらい好きに食わせろ」

「変わらねえな、五郎は。きかん気の強さは、昔のまんまだ」

いまは町人と僧侶だが、兄弟の生家は五百石の旗本《はたもと》家だった。

治兵衛の幼名は、岡本小平治《おかもとこへいじ》という。岡本家の次男で、ひとつ下の五郎が三男になる。

十歳で武家の身分を捨て、菓子職人に弟子入りしたのは、自ら望んだことだった。そして同じ頃に五郎もまた、寺に預けられた。

岡本家は長兄が継ぎ、いまはすでに他界して、息子の代になっている。

治兵衛は上野山下《うえのやました》の菓子屋で十年修業し、年季が明けると、二年の御礼奉公を終えて江戸を離れた。腕を磨くために諸国を巡るのは、菓子に限らずどんな職人でも辿《たど》る道筋だ。治兵衛も三年ほど諸国をまわって、江戸に戻るつもりでいた。

しかし旅先で目にする菓子の数々に、治兵衛は魅入られた。

街道をひと筋往《ゆ》くだけで、途中には目新しい菓子がいくつもある。味を見るだけでは飽き足らず、帳面に菓子の絵を描き、味や舌触りを書き留めるようになった。

たいがいは土地の名物として、あつかう店も数多い。たずねれば、気さくに作り方も教えてくれる。材料を整え、宿の台所を借りて己で試し、拵《こしら》え方をあれこれと思案する。

いつしか治兵衛は、国中の菓子を食してみたいと願うようになった。

渡り職人として、旅先の菓子屋で一年働いては、また半年旅に出る。そんな暮らしが、十六年も続いた。国中隈《くま》なくとはいかないまでも、東の陸奥《むつ》から西は薩摩《さつま》まで、治兵衛はひたすら歩き続けた。

女房と出会ったのは、遠江《とおとうみ》の大きな菓子屋だった。治兵衛が一年半世話になったその店で、女中《じょちゅう》をしていた娘だった。ささやかながら祝言《しゅうげん》をあげ、以来、治兵衛の旅には道連れができた。女の身としては、ひと所に落ち着く暮らしを望んでいたのかもしれない。けれど女房は、治兵衛の生甲斐《いきがい》を奪おうとはしなかった。

「旅に出ましょう、おまえさん。これからおまえさんは、もっともっとたくさんの菓子に出会えるはずです。あたしはそのための道連れになったんですから」

女房は誰よりも治兵衛の望みを理解して、その夢に最後まで寄り添おうとしてくれた。

ひと粒種《つぶだね》のお永も、旅先で生まれた。女房と娘の傍らで、菓子三昧《ざんまい》の暮らしを送る治兵衛には、何の不足もなかった。

旅をやめて江戸に戻る気になったのは、旅先で女房を亡くしたからだ。かなり前から具合が悪かったのを、亭主に隠したまま旅を続け、筑前《ちくぜん》と肥前《ひぜん》の国境の宿場で倒れた。治兵衛はそこからもっとも近い城下町だった筑後久留米《ちくごくるめ》に職を見つけ、妻を養生させたが、半年が過ぎても寝たり起きたりの暮らしが続いた。それでも妻は、治兵衛を先へ行かせようとした。

「あたしはここで待っていますから、おまえさんはそのあいだに、肥前や薩摩のお菓子を見てきてくださいな」

治兵衛は迷ったが、女房はしきりに勧める。結局、働いていた菓子屋一家に妻と娘をまかせて草鞋《わらじ》をはいた。九州を隈なくまわるつもりでいたが、やはり気が急《せ》いて、肥前と肥後《ひご》、薩摩だけに留め、二十日も経たずに久留米へ帰った。だが、待っていると言ってくれた女房は、すでにこの世を去っていた。治兵衛が戻る、わずか二日前のことだった。

葬式に間に合ったのは不幸中の幸いだ。かみさんの思いが届いたのだろう。周囲はそう慰《なぐさ》めてくれたが、治兵衛はひたすら己の業の深さを呪《のろ》った。

治兵衛を立ち直らせてくれたのは、八歳のお永だった。

「おっかさんは、ちっとも怨《うら》んでなかったよ。ずうっとお父ちゃんとあたしと一緒にいられて、幸せだったって」

お永は決して、口の達者な方ではない。妻に似たおっとりとした娘で、日頃は大人しく、絵本代わりに父親が与えた菓子帳をながめているような子供だった。そのお永がこのときばかりは、生前の母親が語ったあれこれを、懸命に父に話してきかせた。

「おっかさんの夢はね、いつか小さな店を持つことだって。おとっつぁんが作る国中の菓子を、お客さんが喜んで食べてくれる。そんな店がいいって」

南星屋は、女房の遺志を叶《かな》えるために、治兵衛が開いた店だった。

「あらまあ、こんな出がらしを飲んでいたんですか。いま新しいのを淹《い》れますから、ゆっくりしていってくださいね、五郎おじさん」

店の片づけを終えて、居間にお永が顔を出した。

住職がたちまち機嫌を直し、四角い顔をほころばせる。

「お君坊は、出かけたのか？」

「ええ、今日はお針の日で。あの子もそういう年頃ですから、近所の娘さんと同じに、ひととおりの習い事はしたいと言うものだから」

茶筒からひと匙《さじ》すくい、急須《きゅうす》に入れる。湯を注《そそ》ぐと、茶のいい香りが座敷にただよった。

「そうか、お君坊もあと何年かで嫁入りか。お永が嫁《とつ》いだときのように、嫁に出したくないと大騒ぎするんじゃなかろうな」

石海がにやにやしながら、兄の腕を肘《ひじ》で小突く真似をする。

「何言ってやがる。お永のときにさんざっぱら騒ぎ立てたのは五郎じゃねえか。裏長屋住まいの左官《さかん》なんぞに、かわいい姪《めい》を任せられるものかって」

「十《とお》を過ぎるまでずっと旅暮らしで、不憫《ふびん》な思いをしてきたんだ。その分少しでも楽をさせてやりたいと思うのは、身内として当り前だ」

「あたしくらい、恵まれた子供はいませんよ、五郎おじさん」

叔父の言い草に、お永がふふっと笑う。

「毎日色んなところに物見《ものみ》に行けて、その土地の名物菓子を与えられて。死んだ母さんの夢だった店も、おじさんのおかげで持てましたしね。不足なぞ、少しもありませんでしたよ」

南星屋をここに開いたのは、お永が十二の年だった。

治兵衛は久留米の菓子屋でもう一年、途中の伊勢《いせ》の菓子屋でも一年働き、名菓探しも続けながら、足かけ三年かけて江戸に戻った。昔いた上野山下の菓子屋で働かせてもらい、店を持つための金を作るつもりでいたのだが、

「雇われ職人のままでは、十年経っても屋台がせいぜいだ。金はこちらで都合するから、おいおい返してくれればいい。利息はもちろん、菓子でいただくからな」

当時すでに愛宕下《あたごした》の寺で別当《べっとう》を務めていた弟は、すかさず援助を申し出てくれた。

麹町のこの地に店を構え、以来二十二年、治兵衛は諸国の名物菓子を拵えてきた。

お永は嫁に行ってからも、同じ麹町の十丁目に住まい、毎日店の手伝いに来ていたが、亭主が別の女と懇《ねんご》ろになり、六年前にお君を連れて治兵衛のもとに戻ってきた。おかげで孫のお君は、左官職人とだけは連れ添うのはご免だと、始終言い言いしている。

少なくともお君が嫁に行くまでは、一家三人のつつがない暮らしが続くものと、治兵衛はそう思っていた。

南星屋がふいの災難に見舞われたのは、それからわずか二日後のことだった。

「あたしはやっぱり、菓子職人を旦那さんにするわ。南星屋を一代きりで終わらせるのはもったいないもの」

朝の仕込みがひと段落して、一家は朝餉《あさげ》をとっていた。

「こんな小っさな菓子屋に、わざわざ婿《むこ》に来てくれる酔狂な男なぞいやしないよ」

口ではそう返しながらも、治兵衛は嬉しそうに目を細めた。

「お婿さんを探す前に、賄《まかな》いやお針を覚えるのが先ですよ」

「あら、おっかさん、勘定ならあたし、誰より早くできてよ」

「そっちの賄いじゃありません。お料理のことですよ。煮物もろくにできないようじゃ、それこそ愛想をつかされますよ」

お永が母親らしい小言を口にして、お君がぷうっと頰《ほお》をふくらます。

常のとおりの平穏な朝は、突然の来訪者によって破られた。

店の戸が、いきなり乱暴に叩《たた》かれて、表が何やら騒々しい。近所の者なら、脇の玄関へまわるはずだ。尋常ではない戸の鳴りように、三人が腰を浮かせたとき、太い声が呼ばわった。

「南町《みなみまち》奉行所だ。南星屋治兵衛、ここをあけろ！」

素早く立ったお君を制し、治兵衛は廊下を抜けて店に出た。ひとまず外に向かって返事をすると、それまで大風にさらされてでもいたように揺れていた板戸が鳴りやんだ。

板戸を一枚外し、おそるおそる外を窺《うかが》い、治兵衛はぎょっとした。黒い巻羽織《まきばおり》姿の町方同心《まちかたどうしん》と、その後ろには小者が四人も控え、いずれも剣呑《けんのん》な面持ちで、治兵衛を睨《にら》みつけている。

中年の同心が厳《おごそ》かに告げた。

「南星屋治兵衛、おまえの商った菓子について、肥前平戸《ひらど》藩より訴えが出ておる。こちらで詮議《せんぎ》する故、役所まで来てもらおう」

何を言う暇《いとま》もなく、治兵衛は小者ふたりに両腕をとられていた。

「カスドースという名を、きいたことはあるか？」

奉行所の吟味《ぎんみ》部屋の板間に座らされ、治兵衛は吟味方与力《よりき》の調べを受けた。与力は正面の一段高い畳の上から治兵衛を見下ろし、脇には先刻の同心が、背後には筆を持った書役《かきやく》が控えている。与力の背を見守るように、他に裃《かみしも》姿の侍がふたりいて、こちらは詮議の立ち会いに来た平戸藩の家臣だった。

治兵衛は与力の前で、肩をすぼめてこたえた。

「……いいえ、初めてききやした」

「カスドースというのは、平戸藩松浦《まつら》家で、門外不出とされるお留め菓子だ」

うつむいたままの治兵衛の目が、わずかに広がった。

幸い役人たちには気づかれず、与力は話を続けた。

甘いをポルトガル語でドースといい、つまりは甘いカステラといった意味合いだという。

「その門外不出の菓子が、何故かおまえの店で商われていた」

「そ、そんなはずは……あっしには何のことやら、さっぱり……」

「とぼけるな！　今月初めに南星屋が出した印籠カステラは、カスドースに相違ないと、平戸藩のご家老自ら訴えられておるのだぞ」

いったいどのようにして製法を盗み出したか、具《つぶさ》に調べ上げ、咎人《とがにん》を罰するように。

松浦家江戸家老、矢萩広嗣《やはぎひろつぐ》からは、そのように達しを受けていると与力が告げた。

歳がいってから、滅多に汗をかかなくなったからだに、じっとりと冷や汗がにじむ。

「きけば治兵衛、おまえは若い頃諸国を巡り、数々の菓子を見聞したそうだな。その折に平戸に渡り、どこからか拵え方をもれきいたのではないのか」

「滅相《めっそう》もございません。もとよりあっしは、平戸には渡っておりやせん」

肥前をまわったのは、妻を久留米に残してきたときだ。ひたすら先を急いでいたから、長崎《ながさき》へ行くのが精一杯で、海を越えねばならぬ平戸へは寄らなかった。

だが、いくら説いたところで、証し立てはできない。吟味方与力は執拗《しつよう》に、当時の旅程を何度も問いただした。調べる与力と調べられる治兵衛、双方に疲れが見えてきた頃だった。ひとりの同心が吟味部屋を訪れて、与力に何事か耳打ちした。

「なに、それはまことか？」

与力の顔色が変わった。同心が去ると、これは厄介なと言いたげな表情で、治兵衛をながめやる。

「本日の調べは、これにて終《しま》いとする。治兵衛、ひとまずは家に帰っていいぞ」

藩の家老、直々の訴えだ。白状するまで奉行所の仮牢《かりろう》か、伝馬町《てんまちょう》に籠《こ》められることも覚悟していた。平戸藩の家臣も、そのつもりだったのだろう。異論があるようすで待ったをかけたが、与力はこれを制し、重々しく告げた。

「明日は辰《たつ》の刻《こく》より、また詮議を行う。町名主《まちなぬし》と家主には差紙《さしがみ》を配しておく。両人と同道の上、こちらへ参るように」

疲れた足取りで役所の玄関を出ると、お永とお君、さらに弟の石海の姿があった。よほど気を揉《も》んでいたのだろう、まったく同じ心配顔で治兵衛のもとに駆け寄ってくる。

弟をながめ、治兵衛はようやく合点《がてん》がいった。

「そうか、おまえが口をきいてくれたのか。手間をかけさせて、すまなかったな」

濃紫《こむらさき》の地に銀糸の唐花《からはな》模様。きらびやかな袈裟をまとった住職は、いかつい顔に安《あん》堵《ど》を浮かべた。

「曲がりなりにも、兄上は旗本の家の出だ。しかもこのわしの縁者なのだから、役人といえども無体な真似は決してさせん」

石海が僧正《そうじょう》としての権威をあからさまにふるうのは、初めてのことだ。裏を返せば、今回の一件を、深刻に受けとめている証しだろう。

祖父が役人に引っ立てられるや否や、四ツ谷相典寺へ駆け込んだのはお君だった。

「印籠カステラを買った客の中に、松浦家上屋敷の、もとお女中がいたそうだ。それがそもそものはじまりでな」

日はすでに暮れている。お永の整えた軽い夕餉をとり、茶をひと口すると、治兵衛は順を追って話し出した。

印籠カステラを店に出したのは、二月朔日《ついたち》から三日までの、わずか三日間だけだ。二月二日、この印籠カステラを、たまたま通りかかった商家の内儀《ないぎ》が、人の集まりように興を惹《ひ》かれて買っていった。食してみると、それまでにないほど味が良く、翌日ふたたび南星屋を訪れて、今度は二十もの数を求めた。

「そのお客さんなら、覚えているわ」と、お君が口をはさんだ。「あんな値の張るもの、うちのお馴染《なじ》みさんなら、いいとこ三つがせいぜいなのに、それを二十も買ったんですもの」

　母のお永もやはり記憶にあったようで、こくりと小さくうなずいた。

「ちょうどその日、お内儀は平戸屋敷へ挨拶に行くことになっていてな、わざわざ立派な折箱《おりばこ》に詰め替えて、土産《みやげ》として御殿女中にさし上げたそうなんだ」

　平戸藩上屋敷は、浅草蔵前《あさくさくらまえ》に近い場所にある。その商家の内儀は、花嫁修業の名目で、二年ほど上屋敷に奥女中として奉公したことがあった。以前世話になった御中老《おちゅうろう》に挨拶し、手土産のカステラを渡し、内儀は屋敷を辞した。騒ぎが起きたのは、その後だった。

　御中老は土産の印籠カステラを皆に分けさせたが、このとき表御殿にいる江戸家老、矢萩広嗣にも届けさせた。この高齢の家老が、ひどく甘味好きなことを知っていたからである。

　平戸藩松浦家は、菓子に造詣が深く、一昨年には代々伝わる百種の菓子をまとめた『百菓乃図《ひやつかのず》』を完成させた。

長崎に移されるまでは、平戸には和蘭《オランダ》商館があった。カスドースはこの頃に伝えられた、南蛮菓子のひとつとされる。同時に『百菓乃図』にも記された由緒正しい菓子であり、下々には決して食することのできない代物だった。

矢萩は国許にいた折、殿さまの相伴《しょうばん》に与《あず》かり、二度ほどカスドースを口にしたことがある。それとまったく同じ味だと、矢萩が断言したのである。

「すぐさま件《くだん》の内儀が呼びつけられて、南星屋のものだと知れたというわけだ」

「だけどおじいちゃんは、平戸には行かなかったのでしょ？　カスドースという菓子も、食べたことがないのよね？」

「うん……まあ、な。確かに平戸には行ってないし、カスドースという名も初めてきいた」

どこか歯切れの悪い物言いに、石海がちらりと兄に視線を走らせたが、何も言わなかった。お永が、気遣わしげにたずねた。

「お父さん、これからどうするつもりですか？」

治兵衛にも、うまい考えは浮かばない。寿老人に似た長い赤ら顔に、困惑《こんわく》だけが色濃くにじんだ。いくら別物だと説いたところで、水掛け論に過ぎない。

何の思案もできぬまま、五日が過ぎた。

この日も堂々巡りの調べを終えて、家路に着いた。毎日、南町奉行所に呼び出され、毎度同行させられる町名主と差配《さはい》にも、疲れが見えてきた。

店は当然、休業が続いている。この件が落着するまでは、商いはまかりならんとの仰せが、町奉行所から達せられていた。一家三人の、楽しい語らいの場であった晩飯どきも、さっぱり話が弾《はず》まなくなった。

早めに床《とこ》につこうと腰を上げたとき、弟が訪ねてきた。

「この前の妙な物言いが気になってな、考えてみたんだが」

お永とお君が寝間に引き上げるのを待って、石海は話を切り出した。

「あのカスドースとやらを、平戸に行かずに食べられる方途がひとつだけある。昔、岡本の家にいたときだ」

弟の丸い大きな目玉が、探るようにこちらに注がれている。

観念した治兵衛は、かくりと前のめるようにうなずいた。

「やはり、あの『おかし』か」

「ああ、その通りだ。おまえもおれも、カスドースを食ったことがある。それをふうっと思い出してな、あの味を真似て、あれこれ思案しながら拵えてみた」

道理で舌に覚えがあったはずだと、石海が納得顔になる。

「もう五十年以上も前の話だ。おまえでさえ、忘れていたくらいだ。うろ覚えでこさえたところで、よもや同じ味になるなんて思いもしねえじゃねえか」

言い訳のように、愚痴《ぐち》のようにこぼし、治兵衛は情けなさそうに下を向いた。干からびた柳のようなその姿を、石海はじっとながめていたが、やがて言った。

「こうなったら、何か打つ手を考えるしかない」

「手がねえから、こんな有様なんじゃねえか」

「だから、嘘でも方便でもいい。要はお大名家を、得心させてやればいいんだ」

治兵衛はしばし考えてみたが、やはりすぐには浮かばない。駄目だというように首を横にふると、弟は四角い顔を引きしめた。

「だったら、いっそ、あの話を持ち出すか？」

治兵衛がはっとなり、弾《はじ》かれたように顔を上げた。

「あれは駄目だ！　たとえどんな仕置きを受けることになっても、あれだけは決して晒《さら》しちゃならねえ」

「いよいよ後がないとなれば、本気で考えるぞ」

「五郎！」

ふたりが睨み合い、座敷の空気が張り詰める。先に目を伏せたのは、治兵衛だった。

「わかったよ、五郎。何か……凌《しの》ぐ手立てを考える。だから、あの話だけは忘れてくれ」

石海が鼻から長い息を吐《は》き、場の緊張がようやく解けた。

きっとだぞ、と念を押して、石海は四ツ谷の寺へと帰っていった。

床に入ってからも、弟の顔は頭から離れず、治兵衛はまんじりともせず夜を明かした。


翌朝辰の刻、今日で七日目となる吟味部屋に座らされると、治兵衛は初めて己から口を開いた。

「あのう、お役人さま。あっしからひとつ、お伺いしたいことがございやす」

治兵衛の正面に座す吟味方与力の目に、ちかりと明るいものがまたたいた。

調べる側も、治兵衛や付添人同様、疲れきっている。訴人が大名家では、吟味にもいっそうの慎重を要し、一方の治兵衛はといえば、何をどうたずねても判で押したように同じこたえばかりで申し分には齟齬《そご》がない。両側から同じ力加減で岩を押しているようなもので、事はまったく動かず、でんと目の前に鎮座《ちんざ》し続けていた。

「何だ、治兵衛、申してみよ」

「平戸のお殿さまのためにカスドースを拵えているのは、お家の料理人でございやすか？」

与力は背後をふり返り、藩から遣わされたふたりの立会人に顔を向けた。互いに無言でうなずきあって、若い方の家臣が前に進み出た。

ふたりの家臣のうち、片方は替わったが、河路《かわじ》金吾《きんご》と名乗るこの若い侍は、ずっと南町に通い詰めている。

河路は国許で、『百菓乃図』の編纂《へんさん》にたずさわっていた。江戸屋敷の中でカスドースにもっとも詳しい者として、立会人の役目を仰せつかったのである。

「国許の城にカスドースを納めているのは、御用菓子司の梶屋《かじや》だ」と、河路がこたえた。

「その梶屋さんが、江戸に下ることはございやせんか」

「先代や先々代には、江戸屋敷の奥方さまに菓子を供するために、そのような折があったときく。だが、それもごくごく稀《まれ》で、いまのところそのような話はあがっていない」

何より藩主は、来年の参勤交代までは国許にいる。当然、御用菓子司も、わざわざ

江戸に来る必要がない、と河路は述べた。治兵衛はしばし考える顔になり、

「お役人さまとご家中の方々に、お願いがございやす」

与力と家臣を仰ぎ見た。やはり河路と無言でうなずき合って、与力が許しを与えた。

「申せ」

「皆さま立ち会いのもと、この前あっしが拵えた印籠カステラを、もう一度作らせてくだせえ。その拵え方や按配《あんばい》なんぞを細かく書き留めて、お国許の梶屋さんにご吟味していただきてえんです。梶屋さんの職人なら、必ず別物だとわかるはずです」

治兵衛は一気に言って、じっと相手のこたえを待った。

ふたりの藩士と与力が顔を寄せ、三人が低い声で話しはじめた。

江戸家老が印籠カステラを食してから、すでに半月以上が過ぎている。当然ひとかけらも残っておらず、もう一度治兵衛に作らせるという案は、実は彼らのあいだからも出たことがある。だが、味を知っているのが江戸家老ただひとりであり、そもそも味覚はからだの具合や、時には天気にさえ左右される曖昧《あいまい》なものだ。判じるのが訴人たる江戸家老だけでは、あまりにも公平を欠く。

小さな菓子屋の主とはいえ、五百石の旗本家の出であり、後ろには大寺の住職が控えている。加えて麹町や近隣の住人からは、日増しに南星屋再開を求める嘆願の声が

大きくなっていた。

味の良さと、諸国の名菓の物珍しさだけではなしに、下々や貧しい武士にも口にできる手軽さが、南星屋の身上だった。治兵衛は見聞した菓子をそのまま真似ることをせず、長屋住まいの者たちの財布が痛まぬようにと、材を見繕い作り方も工夫して、値を抑えることに腐心した。

治兵衛の真心は、しっかりと客にも伝わっていたのだろう。

相談の末、ひとまず伺い立てをすることとなり、翌日、河路は江戸家老の承諾を告げた。

「三日後、二月二十四日巳《み》の刻、当家上屋敷の大台所にてとりおこなうことと相なった」

治兵衛はかしこまって平伏しながら、心の中で思わず舌打ちした。

——あと三日で、目鼻がつくものか。

駆け出したくなるような焦りを包み隠して、治兵衛は家路を急いだ。

「試しは三日後に決まった。お永、そっちはどうだ」

家に帰りつくなり、治兵衛は居間にいた娘にたずねた。

座敷には所狭しと帳面がならべられ、その隙間にはさまるように、お永とお君がいた。

「おかえりなさい。こちらの方は、もう少しで終わりますよ」

お永は父親にそう告げて、すっと目を閉じた。

「第六十五の十一、会津《あいづ》カステラ玉子」

はい、とお君がこたえ、その数が書かれた帳面を抜き出して紙を繰る。なかなか探し当てられず、お君の眉間《みけん》がだんだんと険しくなる。

「出羽《でわ》の菓子、のし梅の次よ」

お永が助けるように言い添えると、「あったわ！」とお君が叫んだ。薄茶色の四角い絵が描かれたところに、赤い糸のしおりをさしはさむ。

「六十五はそれで終わり。六十六は抜いて、次は第六十七」

「いまさらながら、お永、おまえの覚えの良さはてえしたもんだな」

娘をながめてため息をつくと、ふふ、とお永がおかしそうに笑った。

「覚えているのは、この菓子帳だけですよ」

「でも、やっぱりすごいわ。これだけの数の帳面を、どの巻のどこに、どの菓子があるか、そっくり覚えているなんて」

六枚の畳を覆いつくす菓子帳を前にして、お君も母親に尊敬の眼差《まなざ》しを送る。

「子供の頃から大好きで、これしか読んでいないのだからあたりまえですよ。字を習ったのも数の勘定も、手本は皆お父さんの書いたこの菓子帳ですからね」

諸国を巡っていた十六年のあいだ、治兵衛が書き溜めた菓子帳は、実に七十二巻にのぼる。紙を糸綴《いとと》じしただけの粗末な薄い帳面だが、それでも一巻につき十以上の菓子を記してある。旅先では五巻、十巻と溜まるごとに、弟の寺に飛脚《ひきやく》で送っていたが、いまとなっては書いた治兵衛でさえ、目当ての菓子に辿り着くのはかなり難儀な仕事となる。

だが、三つくらいから手本や絵草紙代わりにながめていたお永は、目次をすべてそらで言えるほど、父の菓子帳に親しんでいた。

治兵衛はこの娘に、新たなカステラ作りに役立ちそうな菓子を、ひととおり抜き出すよう頼んだ。

カスドースは平たく言えば、カステラに糖蜜をからめ、砂糖をまぶした菓子だ。いつか石海が言い当てた通り、兄弟は子供時分にこの味を知っていた。そのとき受けた鮮烈な舌の記憶を頼りに、いわばそれを真似て拵えてみたのが印籠カステラだった。

このままでは、製法を盗んだと言われても仕方がない。本家本元のカスドースとは違う調理法で、味だけをできる限り再現する。

治兵衛は悩み抜いた末、それしか方法があるまいと腹を括《くく》った。

「お父さん、試しにこんなものも、拾ってみたんですけどね」

お永が、抜き出して脇に置いてある菓子帳の中から、四十一と書かれたものを手にした。赤い糸が二本下がっており、一本目のしおりのところを開く。

「これは……たしか丹後《たんご》の外れで見かけたもんだが……」

ひょい、とお君が、祖父の手許を覗き込む。

「なあに、これ。お菓子ですらないじゃない」

「ああ、こいつにつける味噌だれが、ことのほか甘くてな。京の白味噌が使われていた」

治兵衛の菓子帳には時折、菓子以外のものも出てくる。何かのとっかかりになりそうだと、書き留めておいた料理の数々だった。だがお永は、父の見当とは違うことを言った。

「気になったのはたれではなく、料理の方です。噛むとふんわりと口の中ではずんで、あのふっくらとした感じは、菓子でも滅多にお目にかかれないと思って」

「なるほど」

治兵衛は娘の目のつけどころに、思わずうなった。お永が菓子帳をそらんじているのは、幼い頃に両親と一緒に食べた記憶を、舌が覚えているためかもしれない。

「おじいちゃん、のんびりしている暇はなくてよ。ここから先が大変なのだから」

「あ、ああ、そうだったな」

「こちらが済んだら手伝いに行くから、まずはこれを持っていって、色々と試してみてね」

お君に追い立てられながら、治兵衛は赤い糸の下がった菓子帳の束を手に、甘いにおいのしみついた作業場の敷居をまたいだ。

平戸藩上屋敷の大台所に、昼の一刻前を告げる、巳の刻の鐘の音が響いた。

「では、はじめさせていただきやす」

ずらりと竈《かまど》がならぶ土間より、一段高い板張りの広敷で、治兵衛が平伏した。両脇のお永とお君も、それに倣《なら》う。板敷の奥には畳の席がしつらえられて、江戸家老の矢萩広嗣が腰を据えている。その前には四人の家臣と、調べにあたった南町の与力がならんだ。

そして南星屋一家の傍らには、河路金吾と南町の同心がひとり、各々別の書役を従えて控えていた。

家老の矢萩は治兵衛と同じ歳格好で、ころりと丸い小太りの男だ。だが、その塩豆のような小さな目は、剣呑な光をたたえている。日頃、物怖《ものお》じしないお君が、その瞳に射竦《いすく》められたように、場の空気にのみ込まれて縮こまっている。

「お君、た・ま・ご」

お永に耳許で促され、お君ははっとして卵の籠《かご》に手を伸ばした。昨日も夜遅くまでとっ組んで、手順はたたき込んである。すでに治兵衛はすり鉢《ばち》の前に膝《ひざ》をつき、お永は粉と砂糖をふるいにかけはじめた。治兵衛はすり鉢に、四角い白いものを放り込んだ。

「ひょっとして、豆腐か？」

河路金吾が、怪訝《けげん》な顔ですり鉢をのぞき込む。

「へい、その通りで。卵はどうしても値が張りやすから、少しでも数を抑えたい。代わりにこいつを使うことに致しやした」

お永が菓子帳の中から見つけた丹後の料理、飛竜頭《ひりようず》がきっかけだった。水気を抜いた豆腐にすった山芋を加え、具を合わせて油で揚げた精進料理である。

治兵衛は種に加える卵を半分にして、残りを豆腐で代用し、繋ぎの山芋も加えた。

それだけでは卵のこくが足りないために、菜種油《なたね》と、風味付けにほんのぽっちりの白味噌も混ぜた。この按配がことのほか難しく、三日のあいだ昼夜を問わずに試しをくり返し、幾度も失敗を重ねた揚句《あげく》ようやく会得《えとく》するに至った。

できた種は銅でできた長方形の型に流し込み、上下を炭火で焼く。火の通し加減はカステラ作りの勘所《かんどころ》のひとつで、わずかな音とにおいを頼りに、火の当たり具合を手許ではかる。

土間に石を敷いて炭を置いた急拵えの、横に長い竈の前で、治兵衛は真剣な面持ちで火と対峙する。河路はそのようすをしばしながめ、それからお君の隣に来た。お君は陶製の徳利《とっくり》を傾けて、薄茶色の中身を鍋にあけている。

「それは……味醂《みりん》か？」

「はい、そうです。火にかけてお酒を抜いてから、水飴を足します」

からだを動かすうちに緊張はほぐれたようで、お君ははきはきとこたえる。

「なるほど……これが糖蜜の代わりか。だが、これだけでは風味が足りぬように思うが」

さすがに『百菓乃図』に関わっただけのことはある。うなずきながらも河路は、玄人《くろうと》らしい見当を述べた。お君の傍らで、お永がにこりとした。

「仰《おつしや》る通りでございます。甘みと香りをつけるために、これを用いました」

茶葉のように細かく砕いたものを、手の平にのせて河路に見せた。河路が指でつまみ、繁々とながめてから、茶がかった朱色の砕片を口に入れた。ゆっくりと噛みしめる。

「これは……柿？　そうか、干柿《ほしがき》か！」

驚いた河路が、小さく叫ぶ。だがすぐに、腑《ふ》に落ちぬ顔をした。

「しかし干柿は、せいぜいひと月ほどしか日持ちせぬ。それにこれは、並みの干柿よりずっと甘い」

「干柿を、砂糖漬けにしたんでさ」と、治兵衛がこたえた。

牛蒡《ごぼう》や大根、昆布《こんぶ》や蜜柑《みかん》の皮など、野菜や果物を甘く煮詰め、さらに砂糖をまぶした砂糖漬けは各地で見られたが、江戸ではこれを専門とする菓子屋もある。決して安い菓子ではないが、南星屋では菓子の材にするために、旬のもので砂糖漬けを作りおきし、この干柿もそのひとつだった。

あまり多く混ぜると、柿の味が勝ってしまう。隠し味程度にするために、すり潰して味醂で溶いたものをひと匙《さじ》だけ加えた。

あくまでも江戸家老が食べた最初のカステラと、同じ味にするのが狙いなのだ。

やがてカステラが焼き上がると、印籠くらいに切り分けて蜜をからめる。最後に上から砂糖をふった。

できあがった南星屋の印籠カステラが、江戸家老の前に運ばれた。

「どうぞ、お召し上がりください」

ここが正念場だ。家老の矢萩がこの前のものと違うと気づけば、一巻の終わりだ。治兵衛が奥歯を喰いしばり、お君も膝の上で両手をにぎった。お永だけが常の落着きを失わず、成り行きを見守っていた。

矢萩が皿の上の菓子を切り分け、皺《しわ》の寄った口に運んだ。

実を言えば豆腐を使ったカステラは、最初のものとまったく同じ味にはどうしてもならなかった。少し舌の肥えた者なら、すぐに気づく。

窮余の策で治兵衛は、蜜を濃い目にし風味を加えることで、もとの味に近づけた。だが、もしも家老がとび抜けて鋭い味覚を持っているなら、違いを見分けるかもしれない。そうではないことを、治兵衛はひたすら祈るしかなかった。

口の中でゆっくりと嚙みしめて、家老が大きくうなずいた。

「うん、これだ、この味だ！　やはりカスドースに相違ない！」

治兵衛の心《しん》の臓《ぞう》が、どくん、と跳ねた。やがてゆるゆると安堵がわいて、力の抜けたからだが、板間に突っ伏しそうになる。娘と孫も喜色をこらえ、必死で真面目な顔をつくる。

「恐れながら、ご家老。本当にカスドースと、同じ味にございますか？」

矢萩の前に進み出たのは、河路金吾だった。

「無論だ。わしの舌が、信じられぬか」

「いえ、滅相もございません。ですが、そうしますと、やはりこの南星屋のカステラとカスドースは、まったくの別物と存じます」

「平戸の梶屋にたださぬうちに、何故そのようなことが言い切れる」

小太りのからだを乗り出して、やや甲高い声で家老が問うた。

「松浦家秘伝の菓子に、このような材を使うはずがございません」

カスドースには、高価な卵や白砂糖がふんだんに使われている。それ故に藩のお留め菓子となり得たと、河路は告げた。

ふうむ、と江戸家老が丸い顔をしかめた。

「さらにもうひとつ、大きな違いがございます」

「それは、カステラの切り方であろう」と、家老が河路に応じた。

カスドースはひと口大の大きさなのに対し、印籠カステラはその名の通り、大きめ

ので」

「恐れながら、お耳を拝借いたします。これはカスドースの、秘伝に関わることです
の印籠ほどもある。だが、河路は首を横にふった。

矢萩がからだを傾けて、その耳に河路がささやいた。家老の目が、大きく広がった。

「なんと、そのような贅《ぜい》が尽くされておったのか」

治兵衛たちの耳には届かず、また、思いもよらない方法で、カスドースは作られていた。

カステラにわずかな蜜をからめるのではない。卵黄にくぐらせ、ちょうど天ぷらのように、大量の糖蜜を熱した中に浮かべるのである。

「たしかに、町の小体《こてい》な菓子屋が、おいそれと真似できる代物ではないということか」

松浦家秘伝となったその所以《ゆえん》は、家老を満足させるに足るものだった。

ひとまず治兵衛の申し出どおり、書役が記した印籠カステラの製法は、大名飛脚で平戸へともたらされた。

平戸藩への便は、片道だけで二十日はかかる。平戸の梶屋が吟味して、また知らせ

が戻るまで、ひと月半は待たなければならない。

そのあいだを治兵衛は、娘と孫と三人で、大事に大事に日々を過ごした。

思惑どおりに運ばなければ、店を失い、一家は路頭に迷う。万一、牢籠《ろうご》めや遠島《えんとう》となれば、お永やお君とも引き離される。その覚悟を腹に据えると、これまでにないほど一日一日がいとおしくてならなかった。

「ねえ、おじいちゃん、江戸払いになるのも、悪くないと思わない？」

「おいおい、お君、そんなにおれを咎人にしてえのかい」

「あら、おじいちゃん一人になんてしないわ。おっかさんもあたしも一緒に、三人で国中をまわるのよ。店を持つ前の暮らしに戻るだけでしょう。なんの心配もいらないわ」

朝餉の膳には、鰯《いわし》の丸干しと、香りのいい根三葉《ねみつば》の浸《ひた》しがのっている。味噌汁の具は采《さい》の目《め》豆腐にたっぷりのネギだ。ありきたりな朝飯だが、湯気の向こうに孫と娘がいる。

「心配なら大有りですよ。日頃たいして歩いてもいないのに、急に旅に出るなんて。その足では箱根《はこね》の山さえ越えられませんよ」

「おっかさんたら、人をお婆《ばあ》さんみたいに言って。旅に出ればあたしだって、箱根でも富士でもいくらだって登ってみせてよ」

お永は旅暮らしの頼りなさを、骨身に沁《し》みて知っている。気ままで心躍る楽しさはあるが、思いがけない災難に出くわすことも多い。いつもどこかで気を張っていなければならず、殊に女子供には決して楽な毎日ではない。

だが、お永は、娘に笑顔で言った。

「そんな無理をしなくとも、ゆっくりのんびり歩いて、疲れたら休めばいいんですよ。ねえ、お父さん」

「そうだな、昔もよく、そうしていたな」

止まらなければ、見過ごしてしまう風景もある。いまはちょうど、そんなときなのかもしれない。治兵衛の顔に、ゆっくりと深い笑みが立ちのぼった。

河路金吾の申し立てが、平戸の梶屋によって証されたのは、菓子試しの日からひと月半が過ぎた、四月半ばのことだった。

南星屋がめでたく再開に漕《こ》ぎつけたその日、店の前は知らせを受けた贔屓客《ひいき》や近所の者たちで、黒山の人だかりとなった。

「皆さま、長らくご心配をおかけ致しました。おかげさまで、また商いをはじめさせていただくことができました。これもひとえに、皆さまのご贔屓の賜物《たまもの》です」

いつもより長い口上をお君が述べると、大きな拍手がわいた。治兵衛も今日はその傍らで、お永と一緒に腰を折る。

「で、お君ちゃん、今日の菓子は何だい？」

常連客から、いつもの文句がとんだ。

「今日は美濃《みの》の茗荷餅《みょうがぼち》と、出羽ののし梅でございます」

歯切れよくお君がこたえる。お永は菓子の仔細を述べるより先に、客にとっての吉報を告げた。

「長らくご迷惑をおかけしたお詫《わ》びに、今日と明日は、半値で商わせていただきます」

どっと歓声があがったが、先頭にいた客が、心配そうにたずねた。

「しかし、店をふた月も休んだ揚句にそんな真似をして、本当にやってゆけるのかい？」

「はい。とても気前のいいお客さまがいらっしゃいまして、たいそうな値でうちの菓子を求めてくださいましたから」

と、晴れやかな笑顔でお君はこたえた。

印籠カステラは、やはり町場で商うのはさし控えるよう、南町を通じて平戸藩から達しが届いた。一方で、大台所で拵えたものは、奥御殿に住まう奥方にも供された。

「奥方さまはいたく気に入られ、またぜひにとの仰せである。だが、誰より強く所望《しよもう》されたのが、他ならぬご家老さまでな。江戸に居てカスドースが食せるなら祝着《しゆうちやく》至極だと」

おかしそうにそう語ったのは、河路金吾だった。印籠カステラを、折々に江戸藩邸に納めてほしいと頼み、御用達看板を授けることも仄《ほの》めかした。治兵衛は看板は丁重に辞退して、注文だけを有難く受けた。

「お父さん、ここはいいですから、あちらをお願いしますね」

客の垣根の後ろにぽつんと立っている人影を、お永が示した。

色あせた墨染めの衣に、笠の下からは四角い顎が覗いた。

「おれがカスドースさえ真似なけりゃ、こんな始末にならなかったものを」

弟を奥へ通すと、新しい葉を急須に入れながら、治兵衛はそう自嘲《じちよう》した。

「今年の正月晦日《みそか》は、あの方の七回忌だった。あの菓子を作ったのは、そのためではないのか？」

湯呑みに茶を注いでいた治兵衛の手許が狂った。こぼれた茶が、盆の上に広がってゆく。

「やはりそうか……。思えば『おかし』は、兄上と実の父親の、たったひとつの細い蔓《つる》だったからな。法要代わりにあの菓子を拵えたのにも合点がいく」

「そんなたいそうなつもりはなかったが……おかしなもんだな。血の繋がりだけでは親子とは言えねえと、何ひとつしてもらった覚えはねえと、ずっと背を向けていたってのに」

生まれたとき、すでに傍にいなかった実の父には、怒りも怨みもない。ただ、遠い人なのだと、漠然と思っていた。

だが、還暦を迎えたこの春、治兵衛はふいに思い至った。

己もまた、父に対してひとつの孝行もしてこなかった。

そして五郎と一緒に食べた『おかし』の数々と、中でもひときわ鮮烈に舌が覚えていた、カスドースが頭に浮かんだ。

「役人や平戸藩の連中も、きっとひっくり返るぞ。南星屋治兵衛が、実はさる御大の落し胤《だね》だと知ったらな」

「やめときな。頭がおかしいと思われるのが落ちだ」

「だが世が世なら、跡目を継げたかもしれないぞ。なにせ当代さまの、兄上にあたるのだからな」

治兵衛は父の岡本邦栄《くにえ》の子ではなく、その妹の子供だった。養父は伯父にあたり、五郎とも兄弟ではなく従兄弟《いとこ》になる。

母は行儀見習いとして奥御殿に上がったときに殿さまのお手がつき、治兵衛を身籠《みごも》ったのである。めでたくお腹さまとなれば、岡本家にとっても悪い話ではない。しかし母は、それを望まなかった。兄の邦栄もまた、要《い》らぬ欲を出すような男ではなく、治兵衛を己の実子として岡本家で育てることにした。

家督相続の都合などから、届出をごまかすことは、武家ではよくある話だ。治兵衛の誕生も、本当の血筋を隠すため、実際より一年遅く届けられた。岡本邦栄は、妹と実の父は当時、まだ十代と若く、目前に家督相続を控えていた。腹の子が、その障りとなることを避けたかったのだ。

「いまにして思えば、よけいな気遣いであったかもしれんな。なにしろあのお方ときたら、ひとりふたりに留まらず、女たちに次から次へと子を産ませたのだからな」

ご落胤《らくいん》がひとり増えたところで、大差はなかろうと石海は笑った。

「だが、おれはやっぱり岡本の家で育ててもらえて、良かったと思っているよ。母親とも三年ばかりは一緒にいられたしな」

治兵衛は叔母だと信じていて、うっすらとしか覚えていないが、お永に似た控えめな人だった。実母は縁あって石見《いわみ》の藩士に嫁ぎ、夫について国許へ行き、その地で死んだ。

「何より念願だった、菓子職人になれた。父上が認めてくれたときは、嬉しかったなあ」

家を出て菓子職人になりたいと望んだのも、己の出自を知ったことがきっかけだった。

殿さまの子だと言われてもぴんとこず、両親が養い親で、五郎とも兄弟ではなかったことが、十歳の治兵衛には、ただただ悲しかった。

まる二日考えて、菓子屋へ修業に出してほしいと養父に頭を下げた。このとき加勢してくれたのが、誰より仲の良かった五郎だった。

『私は父上の言いつけ通り、寺に入りますから、兄上の願いをきいてあげてください』

五郎は幼い頃からきかん気が強く、悪戯と喧嘩《けんか》に明け暮れるような子供だった。先行きを案じた両親は、寺へ預けようとしたが頑《がん》として応じない。そんな九歳の五郎が、兄のために泣きながら父に手をついた。

「おかげで酒や女とも縁遠くなって、思えばおれのために、とんだ貧乏くじを引いたな」

「まったくだ。……だが、それは兄上も同じかもしれんな。菓子職人になったのも、あの方から折々届く『おかし』のためだ。違うか？」

治兵衛は長く垂れた耳たぶの裏を、ぽりぽりとかいた。

「認めるのは癪《しゃく》だが、おそらくはそうなんだろうな」

『おかし』とはお下賜《かし》、つまりは殿さまからの賜《たま》わりものだ。お家には毎年、数多《あまた》の名産品が献上される。その量は膨大で、余剰の品は家臣や縁者たちに下賜される。

そして岡本家がいただく下賜品は、何故か菓子ばかりだった。

子供の喜びそうな菓子を岡本家に届けるよう、そう命じていたのは実の父だった。

治兵衛に出自を明かしたとき、養父はそうつけ加えた。

カスドースもまた、その「おかし」の中のひとつだった。

おそらくは江戸に住まう奥方のために、梶屋の職人が召され、上屋敷で拵えたものが松浦家から贈られたのではないか。兄弟はそう考えていた。

「そういや、ひとつだけ腑に落ちんことがある。ひと口大のカスドースを、どうして印籠ほども大きく作ったんだ？」

「忘れちまったのか？　それはおまえが言ったからだよ。こんなに小さくては食べ応えがない。印籠くらいもあればいいのにってな」

石海が口をあけ、弟の背中から射す初夏の日差しに、治兵衛は目を細めた。

南星屋の前の人の列は、まだ途切れそうになかった。

「なるみ屋」の客

澤田瞳子

澤田瞳子（さわだ・とうこ）
一九七七年京都府生まれ。二〇一一年に『孤鷹の天』で中山義秀文学賞、一二年に『満つる月の如し　仏師・定朝』で本屋が選ぶ時代小説大賞、翌年同作で新田次郎文学賞、一六年に『若冲』で親鸞賞、二〇年に『駆け入りの寺』で舟橋聖一文学賞を受賞。著書に『日輪の賦』『泣くな道真』『秋萩の散る』『腐れ梅』『火定』『龍華記』『落花』『月人壮士』『名残の花』『星落ちて、なお』、「京都鷹ヶ峰御薬園日録」シリーズなど。

府中七間町《しちけんちょう》の路地奥に、「なるみ屋」という居酒屋がある。出す酒は濁酒《にごりざけ》のひと色、肴《さかな》の値が安いのと主《あるじ》夫婦の人柄がよいだけがとりえの、ごくありふれた店である。

それでも酒を飲まぬ客にも嫌な顔をしないところが重宝がられ、街道を行き交う旅人が一膳飯屋《いちぜんめしや》代わりに訪れることも珍しくなかった。

常連たちもその辺りは心得たもので、彼らが六つ半（午後七時）より前に店に来ることは滅多にない。朝の早い旅人が一本の酒と晩飯をかきこみ、宿に引き上げた頃《ころ》あいを見計って暖簾《のれん》をくぐるのが、常客の暗黙裡《あんもくり》のしきたりであった。

しかしこの晩、まだ足元の明るいうちに、四つある飯台の一番奥に席を占めた浪人夫婦は、馴染《なじ》み客がぽつりぽつりと訪れる時刻になっても、席を立とうとしなかった。

夫婦そろっての手甲脚絆《てっこうきゃはん》に草鞋《わらじ》履き。言葉の端々にのぞく上方訛《かみがたなま》りから、二人がこの地の者でないのは誰の目にも明らかだった。四十五、六と見える夫の方は、傍《かたわ》らの空《あ》き樽《だる》に肩荷を下ろし、「なるみ屋」の名物である豆腐の煮しめを肴に、淡々と盃を干している。よほど酒に強いのか、空けた銚子《ちょうし》の数は、そろそろ片手を越えるだろう。

一方の妻はといえば、とうの昔に豆腐の煮しめで飯を食べ終え、時折、夫と何事かぼそぼそと話しながら、彼の盃《さかずき》に酒を注いでいる。

いくら零落《れいらく》の身とはいえ、武家の女はまずこういった店へ足踏みをしないものだ。それだけに狭い店の中で、小柄な彼女の姿は妙に人目を引いた。

当人もそれに気付いているのだろう。なるべく灯《あか》りの届かない壁際に身を寄せ、居心地悪げにうつむいている。そうすると垢《あか》にまみれててらてら光る襟元《えりもと》が露《あら》わになり、彼らが重ねてきた辛苦の日々を何より雄弁に物語るのであった。

店の奥に設《しつら》えられた三畳の小座敷には、先ほどから近所の植木屋の若い衆が二人、上がりこんでいる。他の飯台にも二、三人ずつの客がおり、店の中は適度な賑《にぎ》わいを見せていたが、その中で浪人夫婦の飯台だけが、一つぽっかりと、薄暗がりの中に閉じ込められたかのようであった。

なにかわけありの旅人だろうと心得、主の定助《さだすけ》も客のあしらいを受け持つ女房のおりんも、なるべく彼らには世話を焼かなかった。

「へっ、笑わせるじゃねえか。だからそのとき、俺は言ってやったんだ。俺っちみたいな貧乏大工が、そんな大それた夢なんか持つもんじゃねえってよ」

真ん中の飯台では、先ほどから道具箱を脇《わき》に置いた三十がらみの男が、向かいの男にしきりに話しかけている。ちょうど相手が欲しかったのだろう。商《あきな》いの帰りらしき中年の男は、手にした猪口《ちょこ》の中身を大事そうに舐《な》めながら、彼の言葉にうんうんとしきりにうなずいていた。

「そしたら、奴《やつ》の言い草がふるっていやがる。俺はなにも、臨済寺《りんざいじ》の御門《ごもん》やお城の大《おお》櫓《やぐら》みたいな普請《ふしん》をしたいわけじゃねえ。たとえ小さな長屋一軒でもかまわねえ。ああ、この長屋に住むことが出来て幸せだと、人がそう喜んでくれる仕事をしてえんだとよ」

「いいじゃないか、そういう心がけは大切だよ」

そう言って商人は、おりんに銚子のお代りを頼んだ。

「いいや、そんな青くさいことは、まだ小僧のうちに言うもんだ」

図体《ずうたい》ばかりでかくなりながら、いつまでもそんなたわ言を口にしやがって、と大工は苛立《いらだ》たしげに吐き捨てた。

「居心地のいい長屋を建てるってのは、夢なんかじゃねえ。大工としちゃあ当然だ。それをいい年をして、まだ自分の夢だの何だのと言ってちゃあ、あいつはいつまで経《た》っても一人前になれやしねえ」

言うだけ言って箸《はし》を取り上げた大工は、ふと視線を脇に落とし、おやっという顔になった。一匹の白い犬が、彼の足にさも親しげにすりよってきたからである。

「おい、親父《おやじ》。この店ではいつから、犬を飼いだしたんだい」

よほど人に馴《な》れているのか、身の丈二尺弱のその犬は、しきりに尻尾《しっぽ》を振りながら大工たちに愛想を振りまいている。誰かが洗ってやっているのだろう。ところどころ茶色の混じった白い毛は汚れ一つなかったが、飼い犬にしてはどことなく貧相な骨っぽい体つきであった。

「ああ、すみません。店に来るなとは言ってるんですが、犬ころだけにどうも聞き分けが悪くてしかたがない」

おりんが慌《あわ》てて追い出そうとするのを、大工は手を振って止めた。

「いいや、かまわねえ。賢そうな面がまえをしているじゃねえか。それ、食いな」

「いい犬だが、ちょっとやせすぎているのが傷だね。野良犬かい」

大工が箸で豆腐をつまみ、足元に投げる。嬉《うれ》しげにそれを食べ始めた犬を見下ろし、商人が問うた。

「この間、原に嫁いだ娘のところに行った帰り、うちの人が拾ってきたんですよ。わざわざ興津《おきつ》の渡し船にまで乗せてやってさ。馬鹿馬鹿《ばかばか》しいったらありゃしない」

口ではそう言いながらも、犬を見るおりんの眼差《まなざ》しは優しかった。

「だってしかたねえだろう。街道の側で、苦しそうにうずくまって雨に打たれてたんだ。おめえだってあれを見りゃあ、可哀想《かわいそう》でほっとけなかったに決まってら」

先ほどからのやり取りを聞いていたのだろう。大鍋《おおなべ》を杓子《しゃくし》でかき混ぜていた主の定助が、板場から大声で口をはさんできた。

「だいたいそう言うがおめえだって、俺がそいつを抱えて戻ってきたとたん、ぼろきれを出すやら冷や飯を食わせようとするやら大騒ぎだったじゃねえか」

「だってあれは、犬が血まみれだったからびっくりして――」

そこまで言いかけたおりんは、小座敷の客が空いた銚子をこちらに掲げているのに気付くと、足元の犬をまたぎ、急いでそちらに走り寄った。

風が出てきたのだろう。通りに面した障子戸がかたかたと鳴り、五つを告げる鐘の音が遠くから響いてきた。

「血まみれだったって、そりゃあ、おだやかじゃねえな。怪我《けが》でもしていたのかい」

興味をそそられた大工が板場に声をかけると、定助は新しい銚子を銅壺《どうこ》に沈めながら、「それがねえ」と大工たちのほうにちょっと顔を突き出すようにした。

そのとき、表の油障子が不意に開いて、冷たい木枯らしとともに、五十がらみの男がよろめきながら店に入ってきた。

木綿の袷《あわせ》に三尺の帯という姿は何となくみすぼらしく、すでにどこかで相当飲んできたのだろう、足元はふらふらとおぼつかない。帯をぐいっと下へ下げながら、男は酔いのためにに据わった目つきで、「なるみ屋」の店内を見回した。空いている飯台がないことに小さく舌打ちすると、板場を臨む床几《しょうぎ》に腰をかけた。

居合わせた客の誰もが、ちらりと彼に目を投げ、すぐに何事もなかったように顔をそむけた。

定助が無言で、彼の前に煮しめの入った鉢と銚子を置いた。男もまた黙りこくったまま、礼も言わずに手酌で飲み始める。煤《すす》けた八間行灯《あんどん》の真下に居合わせながら、なにやら妙に影の薄い男であった。

「おなかに仔《こ》がいたんですよ、この犬は」

小座敷の客に新しい酒を運び終えたおりんが、大工たちのそばに戻ってきた。口ではなんのかんのと言いながら、どうやら定助以上にこの犬がかわいくてならないらしい。

「仔だって——」

「ええ」

おりんは空になったままの商人の猪口に酒を注ぎ、さりげなく残りの量を確かめた。

定助が、鍋をかき混ぜながら話を接《つ》ぐ。

「あっしがそいつを見つけたときは、まだ大丈夫だったんですよ。元気のない様子でうずくまってはいたけど、握り飯をやったら尻尾を振って立ち上がり、あっしの後にひょこひょこついてきたんだから」

ところが由比《ゆい》宿近くまで来た途端、急に犬は尻餅《しりもち》をつくように座り込み、実に哀れを誘う声で鳴きながら、定助をすがる目で見上げた。

「なんだかよくわからないけど、その顔つきがとにかく可哀想でね。見捨てておけなくなって、こいつを抱え上げて府中まで帰って来たんでさ」

「小さな犬でよかったな」

板場の竈《かまど》越しにのぞく定助の骨細な身体《からだ》つきを、大工はつくづくと見やった。

「けど見附を越えた辺りで、こいつが急にきゃんと鳴いたかと思うと、いきなり下から血を流し出したんでさ。慌ててうちに駆け込み、女房と二人であれこれ手を尽くしはしたんですがねえ」

荷車にでも撥《は》ねられたのか、誰かに蹴《け》飛《と》ばされでもしたのか。とにかく身重だったこの犬は、定助と出会う前になんらかの原因で腹部を痛め、それが流産を引き起こしたのだろう。

それから半刻《はんとき》ほどの間に、犬は「なるみ屋」の裏口で、苦しみながら血まみれの肉塊を五つほど産み落とした。月足らずだけにまともに子犬の形すらしていないそれを、母となれなかった犬は、しばらくの間、きゅんきゅんと鳴きながら舐め続けた。定助やおりんがぼろきれの中のそれを捨てようとしても、しばらくの間、犬はその場を動かなかったという。

「へえ、犬畜生でも偉いものだねえ。やはり母親にとって、子供ってものは何にも替えがたいとみえる」

それまで黙って二人のやりとりを聞いていた商人が、感に堪えぬ声で呟《つぶや》き、手元の酒をちろりと舐めた。

その途端、隅の飯台に座っていた女の顔色がすうっと青ざめた。向かいの夫と顔を見合わせると、ともに申し合わせたように首をひねり、薄い肩越しに土間に座り込んだ白い犬を眺めた。

だが大工たちはもちろん、定助やおりんですら、そんな夫婦者の変化にはまったく気がつかなかった。

炭の熾《おこ》り具合を確かめると、定助はまた新しい銚子を銅壺に沈め、首を伸ばして八間行灯の下の男に声をかけた。

「もう一本、お付けします。それを飲んだら、お帰りなせえ」

「――――」

男はその声には応《こた》えなかった。代わりに苦いものを飲む手つきで、盃の底に残っていた酒をあおった。

定助もやはり、重ねては何も言わず、流しにたまった鉢を洗い始めた。

豆腐を食べ終えた犬は、飯台の下にもぐりこみ、前脚の間に顔を埋めて寝そべっている。

商人は酒に続いて飯を頼むと、それをさらさらとかきこんで、

「おさきに」

と大工に会釈を送って立ち上がった。

更にその商人に続いて、三畳座敷の若い衆が出て行くや、店の中は急にしんと静まり返った。

油障子が夜風に揺さぶられる音と板場の釜鳴《かまな》りが、急に大きくなった。

八間行灯の下の男は、どうやら二本目の銚子を空ける前に、酔いつぶれてしまったらしい。不自然な形に曲げた腕に顔をうつぶせたまま、先ほどからぴくりとも動かない。

起きたはずみで銚子をひっくり返さないようにと、定助が竈越しに肘《ひじ》つき台に手を伸ばしたとき、彼の背後の勝手口がひっそり半分ほど開いた。

「おや、お奈津《なつ》坊じゃないか」

いっそう冷たさを増した北風に背中を押されて入り込んできたのは、まだ十ばかりの女の子であった。

板場と土間を隔てる竈にさえぎられ、土間からはちょうど鍋の上にちょこんと首が乗っかっているように見える。

お盆に結った頭の先にかけられた一粒鹿《か》の子《こ》の裂《きれ》の朱が、板場の湯気の向こうにぼんやりとにじんでいた。

「お父《と》っつぁんは来てませんか」

「ああ、そこにいるよ。けどお奈津坊、お父っつぁんを探すのに、なにもそんな裏口から来ることはなかろうに」

「だってほら、あたいはお客じゃないから」

こまっしゃくれた、それでいて寂しげな口調で答えながら、お奈津は竈を回って行灯の下の男に歩み寄った。

縞《しま》模様の小ざっぱりとした袷に、絣《かすり》の帯を締めている。誰かのお下がりなのだろうか、年齢には似合わぬ色彩の乏しい身繕《みづくろ》いであった。

少女は肘つき台に突っ伏している父親に近付いたものの、無理に彼を起こしはしなかった。彼の隣にちょこんと腰掛け、途方に暮れた顔つきで辺りを見回した。

「お奈津ちゃん、ご飯はまだだろう。どうせ余り物になるんだから、食べておゆき」

定助に目交《めま》ぜされ、おりんがわざと明るい声を張り上げた。遠慮する少女にはお構いなしに、無理やり肘つき台に煮しめの鉢と飯を置く。

最初のうちは恥ずかしげにうつむいていたお奈津も、目の前から漂ってくるいい匂いに抗《あらが》いきれなくなったらしい。やがて消え入るような声で、「いただきます」と呟き、先の欠けた塗り箸をおずおずと動かし始めた。

よほど腹が減っていたのか、小ぶりの鉢いっぱいに盛られていた煮しめが、どんどん減っていく。

店の客は皆、彼女の父親が現れたとき同様、物言いたげな眼差しを素速くお奈津に走らせたが、すぐにわざとのような白々しさで視線をそらした。だがそれが、無関心によるものでないことは明らかであった。

隅の飯台の浪人夫婦もまた、周囲につられて少女に視線を向けた。父親のかたわらで一心不乱に飯をかきこむ姿がよほど哀れに映ったに違いない。妻女がそっと袂《たもと》で目頭を押さえた。浪人がそれをなだめるように小声で何事かささやいたが、その声はあまりに低すぎ、まわりの者の耳には届かなかった。

いつの間にか大工の足元にいたはずの白犬は、お奈津の傍らに移動している。それに気付き、大工は喉《のど》の奥で「けっ」というような声を出した。

床几に腰かけた少女の足は、土間に届かず、ぶらぶらと宙で揺れている。白犬は草履履きの小さなその足に頭を擦《す》り付けるように座り、まるでいたいけな少女を守ろうとするかのように、まん丸な黒目でじっとお奈津を見上げていた。

「やってられねえよ、なあ」

大工は空になっていた盃に、手酌でなみなみと酒を注いだ。勢いあまってけっこうな量の酒が飯台にこぼれたが、彼はそれを気にするふうもなく、渋い顔で盃をあおった。

定助が無言で、また新しい銚子を湯に沈めた。

男が肘つき台からむっくりと体を起こしたのは、それから半刻が過ぎた頃だった。

お奈津は飯を食べ終えたとたんうつらうつらしだしたため、おりんが空いた三畳に寝かせてやっている。そのすぐ側の三和土《たたき》には、白犬が身を横たえて目を閉じていた。

男は大きな掌《てのひら》で顔を撫《な》で回すと、相変わらずおぼつかない足取りでふらふらと三畳へ歩み寄った。

「すまねえなあ、お奈津。さあ帰ろう」

男は少女の小さな草履を懐にねじこみ、まだ半分眠ったままの娘を背中におぶった。

白犬がその足元にまとわりつき、鼻を鳴らしながら男を見上げる。

「勘定を——」

と言いかけた男に、定助はまた、無言で首を横に振った。しばらくの間、二人はなにか物言いたげに見詰め合っていたが、ややあって男の方が視線をそらした。

小さく腰を折ったのか、背中のお奈津を揺すり上げたのか判然としない仕草で身をかがめると、男はそのまま無言で表へと出て行った。

白犬が小走りに戸口をすり抜け、彼の後を追う。

それを見送り、おりんはため息をつきながら油障子を閉めた。

「やれやれ、まったく見ているこちらが、切なくなっちまう」

父子がいなくなった途端、店の客たちはみな、知らず知らずのうちに息を殺していたことを思い出した顔で、大きく息をついた。

まるで出て行く機会をうかがっていたかのように、飯台にいた数人が相次いで席を立った。

おりんが勘定のためにひとしきり土間を走り回り、どやどやと男たちが出て行くと、店内はまたしんと静まり返った。

「本当に一寸先は闇《やみ》とはよく言ったもんだ。あの駿府《すんぷ》一の酒屋、奈良《なら》屋の伊兵衛《いへえ》さんがああなっちまうんだから」

「それにしても伊兵衛さんは、どこか悪いんじゃないかしらん。ここのところ、妙に酒の量が増えているようだし」

定助とおりんのやりとりに、大工はまた苦い顔で盃を干した。

隅の浪人夫婦が、今度ははっきりと顔を見合わせ、父子が出て行ったばかりの障子戸を、まるで恐ろしいものでも見たような形相で振り返った。

「けどもうかれこれ二年になるってえのに、親父はけっしてあの父子からは金を受け取らねえんだな」

大工の呟きに、定助は気弱げに肩をすぼめた。

「だってこの界隈《かいわい》はもともと、奈良屋さんの地所ですからね。今でこそ持ち主が代わりましたが、あっしは最初、あの奈良屋さんにこの店を出させてもらったんでさ」

「うちで扱う濁酒だって、奈良屋さんは長い間、今よりずっと安く売って下さったしね」

「それなのに、あっしらが出来るご恩返しは毎日の酒と飯ぐらいしかないとは、我ながら情けなくてしかたがねえ」

定助は弁解じみた口調で言い、懐から取り出した手拭《てぬぐ》いで顔を拭った。

毎晩この界隈を流している三味線弾きが、障子を半分だけ引き開けて顔を出した。しかし店内に残る客が大工と浪人夫婦だけと見て取ると、頬《ほお》に貼《は》りつかせていた笑みをすうっと消し、無表情に首をひっこめた。

また夜風が激しく吹き、障子戸ががたぴしと鳴った。

この調子では、もう客はないだろう。定助は二つある竈の片方の火を落とし始めた。

そのとき、「親父」と、浪人者が不意に、定助を呼んだ。酒の酔いのせいか、喉に何かをひっかけたような上ずった声であった。

「いま、酒屋の奈良屋と言っていたようだが」

「へえ」

煤《すす》で汚れた手を前掛けで拭いながら立ち上がり、定助は大きくうなずいた。

「言いましたですが、それが何か」

「いや、先ほどの男が――」

浪人者はそこまで言い、向かいに座る妻にちらりと目をやった。彼女は細いうなじもあらわに俯《うつむ》き、膝にそろえた自分の手をじっと見つめていた。

「ああ、はい。先ほどおられたのが、奈良屋の旦那さまの伊兵衛さんでございますよ」

「あれが、奈良屋の主の伊兵衛――」

低い呻《うめ》き声を浪人は洩《も》らした。

「あれが」

「ご存知でらっしゃいますか」

定助に問われ、浪人はいいや、と慌てて首を横に振った。どこか取り繕ったような仕草であった。

「店の名を知っておるだけじゃ。以前――そう、かれこれ十年ほど前にこの駿府のお城下を通った際は、札《ふだ》ノ辻《つじ》に間口六間の店を構える大店じゃったが」

その主がなぜあんな零落した姿にとばかり、浪人者は伊兵衛が出て行った戸口を眺めやった。

定助は少しためらっていたが、ありあう湯飲みに徳利から酒を注ぎ、ぐいっと一気にあおった。

火を落としたばかりの鍋から、煮しめを無造作に大鉢に取り分け、それを手に浪人夫婦の隣の飯台に腰を下ろした。

「旦那のご存知の奈良屋なら、もう三年も前に潰《つぶ》れましたよ」

「潰れたじゃと――」

「ええ、火事を出しましてね。幸い風がなかったから、焼けたのは奈良屋さんと、両隣の計三軒だけで済みました。けど丸焼けになった隣家への弁済に身代を注ぎ込んだせいで、奈良屋はすっからかんになってしまったわけでさ」

「そうでなくても、火元になったお店が、同じ土地で商いを続けられるはずないですからねえ」

盆を胸の前で抱えたおりんが、相槌《あいづち》を打った。

「伊兵衛さんは、今はこの近くの米屋で、通いの米搗《こめつ》き人足をしてらっしゃるんですよ。お連れ合いは仕立物の内職、娘のお奈津ちゃんは子守に出て、三人で身を寄せ合うように暮らしてらっしゃいまさ」

「娘――」

「ええ、先ほど、伊兵衛さんを迎えに来たでしょう。おとなしい、気立てのいい子ですよ」

風に揺さぶられたのとは違う激しさで、障子戸ががたがたと鳴った。おやおや、と呟きながらおりんが戸を開けると、白犬がのっそりと土間に入って来、今度は浪人夫婦の飯台の下に横たわった。

「だけど元はといえば、奈良屋が火事になったのはあの子が原因じゃねえか」

隣の飯台から、大工が少しばかり声を荒らげて話に加わった。

「おい、松造《まつぞう》さん。滅多なことを言うもんじゃねえ」

定助が驚いてなだめたが、それはかえって大工には逆効果だった。

かれは盃を手にしたまま身体をひねり、浪人たちのほうに身を乗り出した。

酒の酔いのために赤らんだ頬をひきつらせ、一気に盃を干す。長年の鬱憤《うっぷん》を一度に吐き出すような荒々しい挙措であった。

「なにを隠すんだ。この辺の者なら、みんな知ってる話じゃねえか」

「あの子供が」

浪人はまた、なにかがからんだような声をもらした。

「あの子が、火事を引き起こしたというのか」

「そうだ。けど、原因はあのお奈津坊ばかりじゃねえ。実際のところ奈良屋の火事は、俺たちにだって責任があるんだ。なあ、親父、そうだろう」

「どういうわけだ」

浪人は妻の前に置かれていた銚子を取り上げ、大工に注いだ。

「おっと、これはすまねえ」

かれはひょこっと首をすくめると、縁までなみなみと注がれた酒を口をすぼめてすすった。

「妙な口走りは止《や》めねえ。火事の元になったのは、行灯の不始末だ」

口早な定助の制止に、飯台の下の白犬がぴくりと耳を動かした。

「座敷にあった行灯が倒れて、その火が広がった。不幸にもその日は先代の法事で、伊兵衛さんたちは檀那寺《だんなでら》に出かけて留守だった。なあ、そうだったじゃないか。それでいいじゃないか」

「それはあくまでも表向きだ」

大工はまた声を荒らげ、定助を睨《にら》みすえた。

「みんなそういうことにして口をつぐんでいるが、俺はそんな器用な真似《まね》はできねえ。親父さんのように、罪滅ぼしみたいに伊兵衛さんにただ酒を飲ませてやるなんてことは、したかねえんだ。だって、そうだろう。あの火事の原因は、この界隈の衆みんなが作ったんじゃねえか」

「いったい、それはどういうことだ」

「確かに親父の言うとおり、火事の原因は、行灯の不始末だ。だけど、行灯が理由もなく横になるはずがねえ」

浪人は続きをうながすように、無言で大工に酒を注いだ。

「奈良屋には、娘が二人いた。妹はあの頃、まだ七つ。そう、さっきのお奈津だ。姉の方はおとせと言って、もう十三、四になっていただろう。この二人は」

大工はそこで言葉を切り、ちらりと定助とおりんを見た。二人はもはや諦《あきら》めたのか、そろって唇を引き結び、大工を眺めていた。

「この二人は、奇妙に仲が悪かったんだ」

白犬の尾が三和土を叩《たた》く音が、ぱたりと響いた。

「それというのも無理はねえ。姉のおとせは奈良屋の実の娘だが、妹の方は今から十年ほど前のひな祭りの晩、店の裏口に捨てられていた捨て子だったからだ」

「捨て子――先ほどの、あの、娘御が」

それまで黙っていた浪人の妻が、不意に顔を上げて聞き返した。行灯の灯《ひ》の下で、その顔色はおそろしいほどに青ざめていた。

「奈良屋ほどのお店の旦那なら、出入りの商人や奉公人にその子を押し付けてしまうことだって出来たはずだ」

「けど、伊兵衛さんはそれをなさらなかった」

定助は諦めた声音で、大工の言葉を補った。

「そうなさらなかったばかりか、その子を自分の娘として育てたんだ」

しかしそれまで大店の一人娘として育てられてきたおとせにとって、突然現れた血のつながらない妹は異分子であった。

無論、幼い娘がすぐ、心の底から赤子を憎むはずはない。だが女児にとって一番の祝いであるはずのひな祭りの晩に現れ、あっという間に両親の関心をさらったお奈津を、可愛いと思えないのはやむをえぬ話であった。

「しかもそんなおとせの心根に、つけこむ奴らも多かった」

普通に考えれば、いずれ婿《むこ》を迎え、奈良屋の跡を継ぐのはおとせである。知らず知らずのうちに奈良屋を取り巻く人々は、妹に両親を奪われた形となった彼女を、不必要にちやほやするようになった。

そんなことが何年も続くうち、大人たちの扱いはおとせの心に、次第に暗いものを芽生えさせた。

一方、お奈津もまた、五、六歳になる頃には、大人たちの態度や物言いから、自分がおとせとは違う存在であることを、否応なく悟らされていた。

「子供ってのは、意外に勘が働くものだ。奈良屋の旦那たちの育て方には何の隔たりもなかったってのに、お奈津坊は自分の身の上を、ごく小さいうちから知っていたらしい」

決して、お奈津をおろそかに扱っていたわけではない。しかし界隈の人々は、一つしかない菓子であれば進んでおとせに与え、かわりにその後ろめたさをごまかすようにお奈津のおとなしさや利発さを褒《ほ》めた。

おとせがお奈津に邪険に当たり始めたのは、この頃からであった。姉ちゃん、姉ちゃんと付きまとう妹を振り払い、時にはあざが残るほど腕をつねりすらした。伊兵衛やその妻がいくら叱《しか》りつけても、それは収まらなかった。

「でも、血のつながらないお奈津が憎かったわけじゃあない。多分、おとせは奈良屋の跡取り娘などという看板がなくとも町の者から可愛がられるお奈津が、うらやましかったんだろう」

自分が周りから甘やかされるのは、奈良屋の跡取り娘だからだ。だがお奈津は捨て子だったというのに、あんなに利発で、皆から愛されている——そんな僻《ひが》みがおとせの胸を焼き、彼女はよりいっそう、妹に冷たく当たった。

周囲の者がおとせを丁重に扱えば扱うほど、お奈津が皆に可愛がられれば可愛がられるほど、おとせは妹を苛《いじ》め抜いた。それでいて誰かがお奈津を軽んじれば、彼女は唇まで青ざめるほど血相を変え、相手を狼狽《ろうばい》させるのだった。

「いったいおとせお嬢様は、お奈津嬢ちゃんのことが可愛いのだか憎らしいのだか分かりゃしない」

店の者たちは、そうひそかに囁《ささや》きあった。

「火事があったあの日、寺へは奈良屋の血縁全員が出かけるはずだった。けどおとせは、前の晩、ひどく妹をいじめたことを咎《とが》められ、一人きり留守番を命じられたんだそうだ」

数人の小僧や女中とともに留守番に残されたおとせが、何を考えていたのかは分からない。ただ明らかなのは、彼女の部屋の行灯が倒れ、その火が彼女自身を含めた奈良屋と、両隣を燃やし尽くしたことだけだ。

「最後におとせを見た女中の話では、おとせは昼間のうちから頭が痛いと言って布団にもぐりこんでいたそうだ。わずか十三、四の娘が、いくら何でも火付けを働くたあ思えねえ。おそらくは、寝返りをうったかした際に行灯が倒れたのが、火事の原因なんだろう。そう、一言で言っちまえば、奈良屋が焼けたのはただの行灯の不始末のせいだ」

けど、と大工は苛立たしげに続けた。

「俺ぁ、今でも思うんだ。俺をふくめた町の衆が、あんなふうにあの二人に接しさえしなければ、奈良屋は燃えやしなかったんじゃないか、と」

皆が慇懃《いんぎん》に接してくるのは、自分が奈良屋の跡取りだから。さもなくば、皆は自分のことなどどうでもよいのだ、というひがみをおとせが持たなければ——そしてまた、お奈津が自分は捨て子だから、という幼い遠慮など持たなければ、奈良屋はいまも商いを続けていたのではないか。

「あれは火事の一年ほど前だったか。奈良屋に普請があって行ったとき、俺は上のお嬢さんには塀から降りて頭を下げたが、お奈津坊には高みから会釈をしただけだった」

それを見て顔を強張《こわば》らせたのは、かえっておとせの方だった、と大工はぽつりと言った。

浪人の妻が、顔を壁のほうにそむけてすすり泣いている。おりんはとうの昔に板場に駆け込んで、土間にしゃがみ込んでしまっていた。

話を終えた大工が口を閉ざすと、店内には女たちの歔欷《きょき》だけが低く、悲しげに響いた。

「それで――そのお奈津とやらは」

誰にともなく、浪人が訊《たず》ねた。

「後は、お武家さまがご覧になられた通りでさ」

大工は空になった盃を掌の中でもてあそびながら、酔いの回った目つきで、浪人の顔を睨みすえた。

「奈良屋の旦那は、出来たお人だ。実の娘が火事で焼け死んでも、それをお奈津坊との悶着《もんちゃく》のせいなどとはお考えにならず、ああやって細々と三人で暮らしていなさる。けど、俺はそれが我慢ならねえ。おとせがあんなふうにお奈津坊に接したのは、おとせをちやほやする一方で、捨て子だったというだけでお奈津坊をおろそかにし――そして勝手に哀れんで可愛がった俺たちのせいだ。そうさ、奈良屋の娘たちを歪めちまったのは、周りにいた俺たちだ。でも、あの旦那はそれを微塵《みじん》も恨まず、かえってさっきみたいに卑屈に俺たちに接しなさる」

そう言うなり、大工はいきなり畜生、畜生とうめきながら、盃を握り締めた拳《こぶし》で飯台を殴りつけた。ほとんど空になっていた銚子が跳ね、土間に落ちて砕けたが、浪人も定助もそちらにはまったく目を移さなかった。

飯台の下の犬は、突然降ってきた瀬戸物に驚いて顔を起こしたものの、すぐにまた何事もなかったかのように、頭を前脚の間に埋めた。

大工はひとしきり飯台をぶつと、血をにじませた両の手で頭を抱えて台にうつ伏した。

浪人はしばらくの間、表情のわからない目で、そんな大工を見下ろしていた。しかしやがて誰にともなく「勘定を」と呟くと、かたわらに置いていた荷を取り上げた。妻女が慌てて袂で目元を拭った。

荷を背にくくりつけて立ち上がりながら、浪人はもう一度大工を見下ろした。

「一つ訊ねたいのじゃが」

「――なんですかね、お武家さま」

大工は伏せた顔を上げぬまま、聞き返した。

「あのお奈津は、いま、幸せなのだろうか」

浪人の声は、はっきりと震えを帯びていた。

「親の元にいても、食うや食わずでつらい日々を送る子供も世には大勢おる。あの子を捨てた親は、自分たちのところにいるよりも幸せになってもらいたいと思って、子供を手放したはずだ。それがそなたが聞かせてくれたような結果を招いたとはいえ、お奈津は今もなお、奈良屋の主に実の娘同然に大事にされている。無論、姉との葛藤《かっとう》の結果起きた火事は、あの子にとっては悲しむべき出来事であろう。されど、それでもなお義理の父母とともにこの府中で暮らしておられるのなら、本当の両親とともに食うや食わずの日々を送るより、あの子はずっと幸せだと――うむ、そう、たとえばお奈津の実の親がいまの娘の状況を知ったとしても、さよう考えてもいいのであろうか」

「そんなこと、俺ぁ分からねえ」

大工は、涙で濡《ぬ》れた顔を上げた。

「けど、どんな事情があったにせよ、実の子供を捨てるなんざ、人間のすることじゃねえ。この犬っころですら、必死に死んだ自分の子を舐め続けていたというじゃねえか。しかも置き去りにした子供の身を今になってとやかく言うなんて、そいつら、あまりに勝手じゃねえか。お奈津坊のことを案じていいのは、奈良屋の夫婦と、あの子をずっと見てきた――そしてこれからも見守らなきゃならねえ俺たちだ」

「そうか……うん、そうじゃな」

大工の絞り出すような言葉に、浪人は幾度も小さくうなずいた。

「そうやって、泣いてくれるおぬしのごとき者がこの町にはいる。そうか。それが、あの子にとって何よりの幸せなのじゃな」

油が切れかかったのか、行灯の灯がじ、じ、と音を立てて小さくなった。その明滅の中で、皺《しわ》を刻んだ浪人の目元は微《かす》かに潤んで見えた。

大工は涙に濡れた顔を両手でこすり、急に酔いが醒《さ》めた表情で目をしばたたいた。

「おめえさんたち、ひょっとして――」

擦り切れた帯に大小を差し、浪人はそれ以上何も言わずに身をひるがえした。妻女が丁寧な会釈を残してその後に続き、ゆっくりと障子戸を閉めた。

飯台の下から白犬がのっそり這《は》い出し、障子戸の向こうに一声吠《ほ》えた。

二人の足音が次第に遠ざかり、吹き荒《すさ》ぶ北風の音に混じって、やがて消えた。

「畜生――」

大工はもう一度うめき、飯台にがばと突っ伏した。

定助は、呆気《あつけ》に取られた顔つきのまま、二人が出て行った戸口を見つめている。

外の北風は、まだ止む気配がない。

障子戸を鳴らし、空き樽を転がすその音だけが、「なるみ屋」の三和土にいつまでも寂しく響いていた。

目が覚めて

中島　要

中島　要（なかじま・かなめ）
二〇〇八年に「素見」で小説宝石新人賞を受賞。著書に『刀圭』『ひやかし』『江戸の茶碗　まっくら長屋騒動記』『かりんとう侍』『うき世櫛』『酒が仇と思えども』『御徒の女』『神奈川宿　雷屋』、「六尺文治捕物控」「着物始末暦」「大江戸少女カゲキ団」シリーズなど。

一

芋酒屋《いもざかや》はその名の通り、芋の煮っころがしで酒を飲ませる店である。こういう店に来る客は金のない飲兵衛《のんべえ》と決まっている。

並木町《なみきちょう》にある「うさぎ屋」は、同じ町内に住む簪《かんざし》作りの職人、猪吉《いのきち》の馴染《なじ》みの芋酒屋だ。愛想《あいそ》のない店主が卯年《うどし》生まれで、この店名になったらしい。

しょうゆが染《し》み込んだ煮っころがしと、すぐに燗《かん》が出てくるところが気に入っていたのだが……今夜は、ありとあらゆることが癇《かん》に障《さわ》って仕方がない。

いつ掃除《そうじ》をしたかわからねぇ小汚い店で、屁《へ》の種《たね》を食わせて金を取るなんてずうずうしいや。こいつぁぬる燗じゃなくて、冷やじゃねぇか。早けりゃいいってもんじゃねぇんだぞ。

ああ、まったくもって面白くねぇ。

猪吉は宙を睨《にら》みつけ、不機嫌《ふきげん》もあらわに酒をあおる。酒というのは不思議なもので、気分次第《しだい》で味が変わる。気分のいいときは安い酒でも味わい深く、極上の心持ちにしてくれる。そうでないときは味気なく、ますます嫌《いや》な気分になる。

ならば、嫌な気分のときは飲まなければいいのだが、嫌なことがあったときほど飲みたくなるから厄介《やっかい》だ。

無言で猪口《ちょこ》を空《あ》けていると、酔って浮かれた周《まわ》りの声が聞こえてきた。

「かぐや姫の亭主はいかつい大男なんだってなぁ」

「言い寄る男を袖《そで》にし続けた器量《きりょう》よしが、そんな男を亭主にするとはびっくりだ」

「何言ってやがる。俺はかぐや姫に惚《ほ》れ直したぜ。男を見た目や金で選ばねぇなんて、てぇしたもんじゃねぇか」

「生まれる子供は母親似《に》だといいけどな」

「違《ちげ》えねえ」

楽しげな周囲の笑い声が猪吉をさらに苛立《いらだ》たせた。

一昨日《いっさくじつ》の二月二十一日、「かぐや姫」と謳《うた》われた蕎麦屋《そばや》江口《えぐち》屋の看板娘、おきみが祝言《しゅうげん》を挙《あ》げた。美しい花嫁姿をひと目見ようと、祝言に呼ばれていない者まで大勢店に押しかけたという。おかげでこの二日ばかり、浅草界隈《かいわい》の居酒屋では「かぐや姫とその亭主」の話で持ちきりだ。

梅は咲いたか、桜はまだかか——絶え間なく咲く花々に心が浮き立つからなのか、春は祝い事の多い季節である。猪吉も十日前、簪作りの親方からひとり娘の縁談が決まったことを告げられた。

今年二十五の猪吉は自他ともに認める腕のいい職人で、年頃の娘に好まれる繊細《せんさい》でかわいらしい簪を得意としている。客から名指しで注文を受けることも多く、三人の弟子の中では図抜けていると自負していた。

他の二人の弟子——同い年の幸助《こうすけ》は男前だが、決まりきった意匠《いしょう》の簪しか作れない。五つ年下の忠太《ちゅうた》は不器用で、まともな簪を作れるようになったばかりである。親方の娘と一緒になるのは、一番弟子の自分だと猪吉は思い込んでいた。

ところが、親方は幸助を婿《むこ》に選んだのだ。

——簪作りの職人としては、もちろんおめぇのほうが上だ。だが、いかんせん酒癖《さけぐせ》が悪すぎる。俺はお咲《さき》の父親として、おめぇを亭主にしたくねぇ。

今までさんざん「職人は腕がすべてだ」と言っておいて、土壇場《どたんば》で掌《てのひら》を返すとは。親方の言葉を思い出し、猪吉は顔をしかめて猪口を干《ほ》す。

猪吉は無類の酒好きだが、酒に強いわけではない。五合《ごごう》を超えると酔っ払い、さらに続けて飲もうものなら、ところ構《かま》わず寝てしまう。

おまけに目が覚めたとき、酔っていた間のことをきれいさっぱり忘れている。そのせいで揉《も》めたこともあるけれど、飲みすぎなければいい話だ。

――馬鹿な飲み方をして、職人としての名を汚《けが》すんじゃねぇ。

親方にそう諭《さと》されてからは「酒は四合半まで」と決め、酔わないうちに切り上げていた。そんな我慢の甲斐《かい》あって、この一年は酒のしくじりをしていない。

酒は仕事の疲れを癒《いや》してくれる、かけがえのないものである。だいたい親方だって、大酒飲みの絡《から》み上戸《じょうご》だ。「酒癖が悪いから、おまえを婿にできねぇ」なんて、よくもぬけぬけと言えたもんだ。

かくなる上は酒を控える義理などない。思う存分飲んでやる。

そう決心した猪吉は毎晩うさぎ屋に足を運んだ。しかし、飲めば飲むほど、酔えば酔うほど、うまい酒から遠ざかる。

どうせ親方はかわいい娘に、「みっともない猪吉より、色男の幸助がいい」と泣き付かれたに決まってらぁ。へっ、どうせ俺は亀男《かめおとこ》だよ。

芋に箸《はし》を突き刺して自嘲《じちょう》混じりに口を歪《ゆが》める。女が上《うわ》っ面《つら》しか見ないことくらい、猪吉は嫌というほど知っていた。

この手で作る簪ならば、若い娘の気に入るように見た目をいくらでも変えられる。だが、持って生まれた姿形《すがたかたち》は己《おのれ》の力で変えられない。

猪吉はいかり肩で首が短く、「首をすくめた亀のようだ」と笑われることが多かった。目と目の間は離れており、鼻だって先の潰《つぶ》れた団子鼻《だんごばな》だ。色男にはほど遠いと自分でもよくわかっている。

ところが、なぜか娘たちは「きれいな簪を作る男は見た目もいいに違いない」と、手前勝手に思い込む。「お気に入りの簪を作った職人に会いたい」と向こうから押しかけてきた挙句《あげく》、猪吉の姿をひと目見てがっかりしたように肩を落とす。中には、幸助が猪吉だと勘違《かんちが》いしている娘もいた。

簪は職人が手で作るもんだ。面《つら》で作っているんじゃねぇ――そそくさと立ち去る娘たちに腹の中で怒鳴《どな》ったものだ。

お咲は明るく器量よしだが、女房に先立たれた父親の世話をしているうちに二十二歳になってしまった。そういうお咲だからこそ、かぐや姫と同じように一緒になる相手は中身で選んでくれると思っていた。

幸助が女にだらしないことを親方は知らねぇのか。酒癖より女癖が悪いほうが、娘の亭主に向かねぇだろう。

腹の中で毒づいている間に、気が付けば酒がなくなっていた。猪吉は空《から》のチロリを振る。

「おい、お代わり」

大きな声で呼んだとたん、店のおやじは顔をしかめた。

「これでしまいにしたらどうだ。もう五合を超えちまったぜ」

「てやんでぇ。まだ宵《よい》の口だぜ」

ここは居酒屋で自分は客だ。五ツ（午後八時）の鐘《かね》が鳴ったばかりで、文句を言われる筋合いはない。

思いきり口を突き出せば、おやじは大きなため息をつく。

「今日は忠《ちゅう》さんがいないんだ。酔っ払う前に帰ってくれ」

「ふん、酒は酔うために飲むもんだろうが。忠太なんぞいなくても、ちゃんと帰るから安心しな」

聞きたくない名を口にされて、猪吉は乱暴に吐き捨てた。

今酔って醜態《しゅうたい》をさらしたら、親方に「それ見たことか」と思われる。かといって中途半端に飲んでいては、この苛立ちは消えそうにない。そこで、このところは弟子に居酒屋通いを付き合わせていた。

弟弟子の忠太は大男だが、気性《きしよう》は牛のようにおとなしい。おまけに手先が不器用で、なかなか腕が上がらない。親方に叱《しか》られるたびに大きな身体《からだ》を小さくしていた。猪吉は出来の悪い弟分を小馬鹿にしながら、見かねて何度も助けてやった。

見た目に反して酒が一滴も飲めないのも都合《つごう》がいい。酔っ払う心配がないおかげで、こっちは心置きなく酒が飲める。

おかげでこの十日間はどれほど派手に酔っ払っても、翌朝は自分の長屋で目覚めていた。「こいつはいい塩梅《あんばい》だ」と喜んでいたら、十一日目の今日になって、忠太が「いい加減《かげん》にしてくだせぇ」と言い出した。

──あにいには世話になったから、じっと辛抱《しんぼう》してきやした。けど、俺の我慢にも限りがある。甘えるのもたいがいにしてくだせぇ。

そして、「酔った猪吉にどれほど迷惑をかけられたか」を、唾《つば》を飛ばしてまくしたてた。

居合わせた客に難癖をつけ、怒った相手が怒鳴り返したとたんに寝てしまう。神社の鳥居に小便をかけようとしたかと思えば、通りすがりの夜回りに悪態をつく。忠太は正体をなくした兄弟子に代わって、謝《あやま》ってばかりいたという。寝てしまった猪吉を背負って帰る途中、反吐《へど》をはかれたこともあるとか。

——幸助あにいがお咲さんの婿に決まって、悔しいのはわかりやす。けど、どれだけ飲めば、気がすむんです。酒の飲みすぎで、せっかくの腕を駄目にした職人は山のようにいるんですぜ。

よほど不満を溜《た》めていたのだろう。牛のようにおとなしい弟分の豹変《ひょうへん》に、猪吉はたじろいだ。

毎晩酔っ払いの尻拭《しりぬぐ》いをさせられて、忠太がうんざりするのも無理はない。だが、兄弟子から受けた恩を考えれば、十日が一年でも付き合うのが筋だろう。だいたいこっちは何ひとつ覚えていないのだから、文句を言われたって困る。

それでも一応「悪かったな」と小声で言うと、忠太はさらに目をつり上げた。

——どうせ「覚えていねぇんだから、仕方がねぇ」とか「酔っ払いのすることに目くじらを立てるな」とか思ってんでしょう。あにいが覚えていなくとも、あにいのやったことはなかったことになりゃしねぇ。実《じつ》のねぇ詫《わ》びを口にされても、かえって腹が立つだけでさ。

だったら、何と言えば満足するのか。こっちだって自《みずか》ら望んで忘れてしまったわけではない。知らず口をへの字に曲げれば、弟分の目が冷たさを増す。

——俺が一緒だから、あにいは余計に深酒をしちまうんだ。どうしても酒を飲みたいのなら、これからはひとりで行ってくだせぇ。
忠太はそう言って踵《きびす》を返し、憤懣《ふんまん》やるかたない猪吉はひとりでうさぎ屋にやってき
た。
「常連を邪険《じゃけん》にすると、罰《ばち》が当たるぜ」
馴染み客がつらいときこそ、温かくもてなすのが居酒屋の主人の務《つと》めだろう。とこ
ろが、おやじはいつものようにそっくり返って鼻を鳴らす。
「猪《いの》さんが常連だから、これ以上飲むなと言ってんじゃねえか。また他の客に絡まれ
ちゃ、こっちの商売あがったりだ」
「くそいめぇましい。こんな店、二度と来るもんか」
譲らないおやじに腹を立て、猪吉は空のチロリを放り出す。立ち上がろうとしたと
きに少し足がよろけたけれど、酔ってなんぞいるものか。
勘定《かんじょう》を叩《たた》きつけて店を出れば、暗い夜空に星がまたたいていた。
暖かくなってきたとはいえ、夜になると肌寒い。酒で温まった身体が冷えて、猪吉
はぶるりと身を震《ふる》わせる。
言い争いをしたせいで、すっかり酔いが醒《さ》めちまった。次はどこで飲み直そうか。

提灯《ちょうちん》を手にぶらぶら歩いていると、後ろから声をかけられた。

「おや、ご機嫌だね」

何の気なしに振り向くと、忌々《いまいま》しい顔が立っている。猪吉は暗いを幸いに、思いきり相手を睨みつけた。

とはいえ、大の大人が無言で立ち去ることもできない。一言「よお」と応《こた》えれば、相手はそばに寄ってきた。

「足元が危ねぇみてぇだが、大丈夫かい」

「てやんでぇ。酔っ払い扱いするなってんだ」

喧嘩腰《けんかごし》で言い返したのに、相手はなぜか笑《え》みを浮かべる。

「だったら、もう一軒どうです。近くにいい店がありやすよ」

おめぇと飲んだら、せっかくの酒がまずくならぁ——猪吉がそう返す前に、相手がすばやく付け加える。

「今夜は懐《ふところ》が暖かいんでさ。よかったら奢《おご》りやす」

「そ、そうか……悪《わり》ぃな」

猪吉が特に好きなのは、うまくできた簪と他人《ひと》に奢ってもらう酒だ。そういうことなら話は別と、二人並んで歩き出した。

二

ありがたいことに、猪吉は二日酔い知らずである。

どれほど飲んでもよく眠れば、すっきり目覚めることができる。そして、酔った間の出来事をきれいさっぱり忘れている。

そのため、飲みすぎた翌日は見知らぬ場所で目覚めることもめずらしくない。だから驚きはしなかったが、今朝《けさ》はいつもと勝手が違う。

「ここは、どこだ」

聞き慣れた鐘の音に目を覚まし、猪吉はゆっくり身体を起こした。

障子《しょうじ》は閉まっているけれど、外は明るくなってきている。今さっき鳴ったのは、明け六《む》ツ（午前六時）の鐘に違いない。

部屋の中を見渡せば、凝《こ》った造りの茶簞笥《ちゃだんす》と白木《しらき》の神棚が目に入る。奥の部屋の衣《え》紋竹《もんだけ》には粋筋《いきすじ》の女が好みそうな着物がぶらさがっていた。

どうやら、ここは芸者か妾《めかけ》の家のようだな。俺はいったいどういうわけで、こんなところにいるんだか。

酔って見知らぬ相手の家で目覚めたことは何度もある。しかし、白粉《おしろい》くさい女の家に転《ころ》がり込んだのは初めてだ。

昨夜はうさぎ屋で飲んでいて……いい気分になったところで、おやじに追い出されたんだよな。それから別の店で飲み直そうとして……道を歩いているときに、誰かに声をかけられたような……。

眉間《みけん》にしわを寄せまくり、何とかそこまで思い出す。だが、二軒目にどこへ行ったのか、なぜここで寝ているのかはわからない。

いずれにしても、吹きっさらしの往来で寝ていなくて助かった。丈夫が取り柄《とりえ》の俺だって、さすがに風邪《かぜ》をひいちまう。

酒臭い自分にうんざりしながら、長火鉢《ながひばち》に手をついて立ち上がる。すると、長火鉢の向こう側で女が倒れているのが見えた。どうやらあちらも飲みすぎて、布団《ふとん》で寝られなかったらしい。

酔ったはずみのこととはいえ、不用心な女だな。少しは酒を控えないと、いずれ痛い目を見るぞ。

自分のことは棚に上げ、猪吉はうつぶせの女を見下ろす。そして軽く咳払《せきばら》いをして、猫なで声でささやいた。

人が死にかけているのも知らないで、そばでぐうすか寝ていたなんて。もしも夜中に目覚めていたら、お絹さんを助けられたのか。

居たたまれない気分になったけれど、今さら悔《く》やんでも始まらない。ひとまず稲葉屋に足を運び、このことを伝えるべきだろう。

だが、「どうして妾の家にいた」と問い質《ただ》されたら厄介だ。猪吉はこわごわ亡骸に目をやって、白い首に残っている絞《し》められた痕《あと》に気が付いた。

「こ、こ、こっ」

鶏《にわとり》のような声を上げ、両手で自分の口をふさぐ。お絹は酒を飲みすぎて、卒中《そっちゅう》で死んだのではなかったようだ。

いったい誰がこんなことを。稲葉屋の御新造《ごしんぞ》が嫉妬《しっと》に駆られてしたことか。それとも、性質《たち》の悪い物取りに女のひとり暮らしと狙《ねら》われたのか。

殺されたとわかったからには、見て見ぬふりは後生《ごしょう》が悪い。「稲葉屋の妾が殺された」と番屋《ばんや》に届けるべきだろう。

猪吉はそう思いかけ——次の瞬間、かぶりを振った。

酒臭いこの恰好《かっこう》で訴え出れば、「酔った勢いで、おまえが殺したんだろう」と十手《じって》持ちに決めつけられる。人殺しの下手人《げしゅにん》としてお縄《なわ》になるくらいなら、寒い往来で一晩寝て風邪をひくほうがましだった。

こんなところを他人に見られたら身の破滅だ。

一刻も早く逃げねぇと。

猪吉は震える足に力を込め、柱に縋《すが》って立ち上がる。ほんの少し障子を開けて、表の様子をうかがった。

稲葉屋が用意した別宅は、田原町《たわらまち》の裏通りにある一軒家だ。目立たない場所にあることが今の自分にはありがたい。

わずかに気を取り直して、三和土《たたき》に転がっていた自分の下駄《げた》を拾い上げる。それから足音を忍ばせて裏木戸から表に出た。

表通りに出たところで、朝から元気なあさり売りや納豆《なっとう》売りとすれ違う。猪吉は慌《あわ》てて顔を伏せた。

どうか、知り合いに会いませんように。

心の中で祈りながら、猪吉は並木町の我が家へ急いだ。

長屋に帰った猪吉は後ろ手で腰高《こしだか》障子を閉める。

ぴしゃりという音がした瞬間、張り詰めていたものがぷつりと切れる。土間にへなへなとしゃがみ込み、両手で頭を抱《かか》えてしまった。

「……これからどうすりゃいいんだ」

途方に暮れて目を閉じれば、無念の形相《ぎょうそう》で死んでいたお絹の顔が浮かんでくる。俺を恨《うら》んでくれるなよと、西に向かって手を合わせた。

「それにしても、俺は何でお絹さんのところにいたんだろう」

お絹は着物姿で絞め殺されて、長火鉢の横に倒れていた。布団も敷かれていなかったから、夜の更《ふ》けぬうちに殺されたに違いない。

俺があの家に行く前にお絹さんは殺されていたってことか。下手人は俺に罪を着せるために、酔い潰して運びやがったな。

そう思い当たった刹那《せつな》、猪吉は震える我が身を抱き締めた。

自分の酒癖――五合を超えると酔っ払い、次に目覚めたときは何ひとつ覚えていないことを知り合いはみな知っている。

あのままあそこで寝ていたら、今頃どうなっていたことか。お絹の家は通いの小女《こおんな》がいたはずだ。その娘に見つかって、町方《まちかた》に捕らえられていただろう。

いつもより早く目が覚めたのは、観音様《かんのんさま》のご加護《かご》に違いねぇ。こうなりゃ、何が何でも昨夜のことを思い出し、身の証《あかし》を立ててやる。

猪吉は再び目を閉じて、左右のこめかみを指で押す。だが、胸の鼓動が速《はや》まるばかりで、あいにく何も浮かんでこない。

いくら酔っていたとはいえ、たかが半日前のことだ。どうして思い出せないのかと、悔しくて歯ぎしりしてしまう。

うさぎ屋のおやじの言う通り、酔っ払う前に帰ればよかった。いや、忠太さえそばにいてくれれば、こんなことにはならなかった。弟分のくせに生意気なことをぬかしやがって。

肝心《かんじん》なことは思い出せず、どうでもいいことばかり頭に浮かぶ。猪吉は眉間にしわを寄せ、竈《かまど》の煙で煤《すす》けた壁を睨みつけた。

かろうじて覚えているのは、うさぎ屋を出たところまでだ。その後、往来で誰かに会って……「嫌なやつに会った」と思った気がする。でも、相手に「奢る」と言われたんで、そいつについて行ったんだよな。

頭の中に残っているかすかな手がかりをかき集め、何とか思い出そうとする。

今にして思えば、酒癖の悪い自分を知り合いが酒に誘うのはおかしな話だ。「奢る」と言ったあの男が俺を罠《わな》にはめたのだろう。

会いたくない男と言えば、さて誰がいただろうか。しゃがんだまま考え込んでいたら、腰高障子が叩かれた。

「あにい、いるかい」

忠太の声に驚いて、猪吉は飛び上がりそうになる。時刻はまだ六ツ半（午前七時）にもなっていない。他人を訪ねるには早すぎる。

まさかと思うが、さては忠太が仕組んだのか。酒に付き合わされた恨みを晴らそうと、お絹さんを殺して兄弟子を陥《おとしい》れやがったな。こんな時刻にやってきたのは、長屋に帰っていないことを確かめるために違いない。

そうだ、そうに決まってる。

こいつがぜんぶ悪いんだ。

猪吉が怒りに震えたとき、障子越しに声がした。

「やっぱり帰っていねぇのか。日が高くなる前に捜《さが》しにいってやらねぇと」

思いがけない呟《つぶや》きに知らず耳をそばだてる。もし忠太が下手人なら、こんなことを言うだろうか。

猪吉は慌てて立ち上がり、腰高障子に飛びついた。

「あれ、あにい。いたんですかい」

振り向いた忠太の顔が猪吉を見てほころぶ。牛を思わせる呑気《のんき》な笑みに猪吉の胸が熱くなる。こんな顔をするやつが兄弟子を陥れたりするものか。

一昨日まではどれほど酔っても、自分の長屋で目覚めていた。それがどれほどありがたいか、今朝目が覚めて身に沁《し》みた。

「すまねぇ。おめぇには迷惑をかけた」

立ったまま深く頭を下げれば、忠太が焦《あせ》った声を出す。

「あにい、頭を上げてくだせぇ。急にどうしたってんです」

二人で土間に立ったまま、猪吉はつい尋《たず》ねてしまった。

「なあ、どうすれば、酔って忘れたことを思い出せるかな」

「何か厄介なことがあったんですかい。長屋に帰っているってこたぁ、昨夜は飲みすぎなかったんでしょう」

忠太は首を傾《かし》げてから、「それにしちゃあ、酒臭《くせ》ぇ」と眉《まゆ》を寄せる。猪吉は顔をこわばらせた。

「べ、別に、昨夜は何ともねぇけどよ。そ、その、何だ。おめぇが実のねぇ詫びを口にするなと言ったから、ちゃんと思い出すべきかと思ってよ」

さすがに「目覚めたら、女が死んでいた」と打ち明けるのはためらわれる。「酔ったはずみで殺したのか」と、疑われるのが関の山だ。

適当な言い訳を口にしたら、忠太が大きな身を乗り出す。

「あにい、俺の気持ちをわかってくれたんですか」

「え、えっと、まあな」

「だったら、今までのことは水に流しやす。これから酒を控えてくれれば十分でさ」

いや、酒を控えるつもりはないが――言い返しそうになった言葉をすんでのところで呑み込んだ。

思えば、酒の飲みすぎで殺しの下手人になりかけている。まったくもって不本意だが、少し控えるべきだろうか。牢屋《ろうや》に入ってしまったら、酒が一滴も飲めなくなる。

それはさておき、昨夜のことは是《ぜ》が非《ひ》でも思い出さないと。猪吉はおもねるように言った。

「それじゃ、俺の気がすまねぇ。何としても思い出して、おめぇにきちんと詫びてぇんだよ」

「あにいがそこまで言ってくれるなんて……七福《しちふく》の若旦那《わかだんな》の言う通りにして、本当によかった」

よほどうれしかったのか、忠太は涙ぐんでいる。感極《きわ》まった呟きに猪吉はふと眉をひそめた。

「おい、七福の若旦那の言う通りってなぁ、何のことだ」

七福はこの町内にある大きな酒屋だ。品揃《しなぞろ》えがいい上に、酒の味見もさせてくれる。猪吉は家で飲む酒をいつも七福で買っていた。

だが、下戸《げこ》の忠太は酒屋に用などないはずだ。探《さぐ》るような目を向けると、弟分はへらりと笑った。

「あそこの若旦那は酒の悩みの相談に乗ってくれるんです。あにいのことを相談したら、俺が甘やかすのがいけねぇと言われやした」

では、急に態度を変えたのは、そのせいか。そいつが余計な入れ知恵をしなければ、忠太は昨夜も付き合ってくれたに違いない。

俺は七福でさんざん酒を買ってんだ。得意客の足を引っ張るなんて、商人の風上にも置けねぇ。猪吉はたちまち腹を立てた。

「だったら、俺の酒の悩みも相談に乗ってもらおうか」

酒屋の若旦那なら、酔っ払いにも詳《くわ》しいだろう。酔って忘れたことだって思い出させてくれるはずだ。

思わずこぶしを固めれば、忠太が驚いた顔をした。

三

七福は酒屋だが、店の隅《すみ》で立ち飲みもできる。

時刻は朝五ツ（午前八時）を過ぎたところで、いつもなら迎え酒を軽くひっかけるところである。

しかし、今日はさすがにやめておいた。お絹殺しの下手人を突き止めないと、うまい酒が飲めそうにない。

俺が酒を飲まなかったら、七福だって困るだろう。若旦那も親身《しんみ》になって相談に乗ってくれるに違いねぇ。

猪吉は勝手にそう思い、忠太に連れられて七福の母屋《おもや》に乗り込んだ。ところが、出てきた若旦那はにこりともしない。

「あたしがこの店の跡取《あとと》り、幹之助《みきのすけ》です。猪吉さんにはご贔屓《ひいき》にしていただいているようで、ありがとうございます」

言葉は礼儀正しいものの、声の響きが刺々《とげとげ》しい。猪吉はむっとして片方の眉を撥《は》ね上げた。

ひょろりと生《なま》っ白《ちろ》くて、いかにも大店《おおだな》の跡継《あとつ》ぎって感じだな。裕福な家に生まれただけで、何の修業も苦労もせずに楽しく暮らしていけるのか。

目が細すぎて二枚目とは言えないが、狐顔《きつねがお》は亀顔よりははるかに女に好かれるだろう。よろず恵まれている相手を見て、猪吉は非常に面白くない。

だが、隣にいる忠太の手前、さも反省しているふりをする。「酔って忘れたことを思い出したい」と口にすれば、幹之助は目を眇《すが》めた。

「今さら思い出してどうするんです」

「そ、そりゃ、こいつに迷惑をかけたから。何をやったか思い出して、改めてちゃんと詫びてぇと」

詰まりながらも言い返すと、小馬鹿にするように笑われた。

「猪吉さんが思い出したところで、忠太さんの蒙《こうむ》った数々の迷惑がなくなるわけじゃありません。本当にすまないと思うなら『今後は酒で一切《いっさい》面倒をかけません』と、念書でも書いたらどうですか」

「お、俺はそんなもんいりません」

忠太が慌てて口を挟むが、幹之助は取りあわなかった。

「そうやって忠太さんが甘やかすから、猪吉さんが図に乗るんです。これ以上飲んではいけないとわかっていて、それでも飲んでしまうなんてだらしがない。酒飲みの風上にも置けません」

初対面の相手から、そこまで言われる覚えはない。猪吉はあからさまに顔をしかめた。

「酒屋にとって酒飲みは上得意だろう。憚《はばか》りながら俺だって七福にはずいぶん貢《みつ》いでいるぜ」

幹之助は皮肉っぽく口の端《はし》を上げた。

「酒は飲んでも飲まれるな。きれいに飲んでいただけるなら、一升《しょう》どころか一斗《と》(十升)飲んでも構いません。けれど、飲んで迷惑をかける人は酒屋の一番の仇《かたき》です。酔っていろいろやらかしては、『酒のせいだ』と言ってごまかす。そういう困った酒飲みのせいで、酒が悪く言われるんです」

「それは……」

「酔って忘れてしまったなんて、それこそ酔っ払いの戯言《たわごと》です。酔っていようが、忘れていようが、やったことは消えません」

いちいち身に覚えがありすぎて、居たたまれなくなってしまう。幹之助は険《けわ》しい表情で話を続けた。

「しかも、猪吉さんは酔った自分の面倒を見させるために、下戸の忠太さんを毎晩芋酒屋に連れていったというじゃありませんか。酒は毎晩同じでも飽《あ》きませんが、お菜《さい》はそうもいきません。飲めない人を連れていくなら、どうしてお菜がたくさんある居酒屋にしないんです」

では、毎晩通《かよ》ったのが芋酒屋でなければ許されたのか。猪吉が首を傾げたとき、忠太が再び割って入った。

「俺は飲んだくれてるあにいが心配だっただけで……あんまり酒を飲みすぎると、手が震えて凝った細工ができなくなると聞いたから」

その話は猪吉も聞いたことがある。だが、「自分はまだ大丈夫」と聞き流していたのである。

忠太の気持ちはうれしいが、おかげでこっちはさんざんだ。こっそりため息をついたとき、小僧が慌てた様子で駆け込んできた。

「若旦那、大変です。田原町のお絹さんが殺されたそうですよ」

「定吉《さだきち》、口を閉じなさい。お客様がいるんだよ」

幹之助にぴしゃりと言われ、小僧が口を押さえて頭を下げる。出ていこうとした小さな背中を猪吉はとっさに呼び止めた。

「お絹さんなら俺も知っている。殺されたってのは本当か」

「はい、十手持ちの親分さんがそう言っているのを聞きました」

「下手人はわかったのかい」

「さあ、存じません」

頼りない返事にがっかりしたが、まだ五ツ半（午前九時）になったばかりだ。無理もないかと思っている間に、小僧はそそくさと出ていった。

「猪吉さんは、お絹さんとどういう知り合いだったんです」

いきなり若旦那から尋ねられ、心《しん》の臓《ぞう》が音を立てる。猪吉はこわばる顔を隠すべく、自分の膝《ひざ》に目を落とす。

「去年、お絹さんに頼まれて銀の平打ち簪を作ったんでさ。若旦那こそ、お絹さんと付き合いがあったのかい」

「頼まれて簪を作ったのならご存じでしょう。あの人は稲葉屋さんの世話になっていましてね。旦那が通ってくる日には、さっきの定吉が酒を届けていたんです」

それで小僧はお絹の死を聞いて仰天し、ここへ駆け込んできたってのか。

幹之助によれば、旦那が来るのは二と八のつく日だったという。昨夜は二十三日だから、旦那のいない日だ。

「気の毒にな。家にひとりでいるところを殺されるなんて」

ため息混じりに漏《も》らしたとたん、若旦那と目が合った。

「どうしてお絹さんが家にいたと思うんです」

「そ、そりゃ、今の小僧が」

「定吉は『お絹さんが殺された』としか言っていません。殺されたのであれば、亡骸が家で見つかったとは限らないでしょう」

理詰めで問い詰められて、しまったと思っても後の祭りだ。返す言葉に困っていたら、「そういえば」と若旦那が呟いた。

「猪吉さんは酔っ払ってしたことを何も覚えていないんですよね。酔って取り返しのつかないことをして、それを思い出したらどうします」

当てこするような言葉を聞き、背筋《せすじ》に冷たいものが走る。凍りついた猪吉に幹之助はとどめを刺した。

「人を殺していたとしても、酒のせいにする気ですか」

「違う。俺は殺してねぇっ」

思わず言い返してしまい、我に返って口を閉じる。察しの悪い弟分は、わけがわからずおろおろしていた。

「若旦那、殺してなぁ何のことです」

「猪吉さんがお絹さんを殺したかもしれないってことですよ」

「俺はお絹さんを殺しちゃいねぇ」

かくなる上はどこまでも己の無実を訴えるだけだ。若旦那は腕を組み、冷ややかな目で猪吉を見る。

「察するに猪吉さんは今朝、お絹さんの家で目が覚めたんでしょう。そして、死んでいるお絹さんを見て、怖《こわ》くなって逃げ出したんじゃありませんか」

八卦見《はっけみ》でもあるまいし、どうしてそんなことがわかるのか。見事に状況を言い当てられて、忠太は目を剝《む》き、猪吉は怯《おび》える。薄気味悪く思っていたら、幹之助が鼻を鳴らした。

「そうでなければ、『家にひとりでいるところを殺された』なんて思いませんし、朝っぱらから『酔って忘れたことを思い出したい』と相談にも来ないでしょう。猪吉さん、こういうのを身から出た錆《さび》と言うんですよ」

したり顔に腹が立ったが、こっちの分《ぶ》が悪すぎる。それでも、これだけは言っておきたい。

「確かにおっしゃる通りだが、俺はお絹さんを殺しちゃいねぇ。どれほど酔っていたって人を殺したりするもんか」

「どうして断言できるんです。昨夜酔った自分が何をしたか、まるで覚えていないんでしょう」

嘲《あざけ》るように言われれば、情けないが言い返せない。歯ぎしりする猪吉に代わって、忠太がおもむろに口を開いた。

「若旦那、あにいはどんなに酔っていようと、絶対に人を殺したりしねぇ。この俺が請《う》け合います」

「そんなことを言っていいんですか。酔ったあにいは何をしでかすかわからないと言っていたじゃありませんか」

「ええ、そうです。でも、あにいに人は殺せねぇ。だから、お絹さんを殺したのは、猪吉あにいじゃありやせん」

きっぱり言いきる弟分に猪吉は涙が出そうになる。自分はほんの一瞬とはいえ弟分を疑ったのに、忠太は自分を信じてくれた。

若旦那は食い入るように忠太を見つめ、やや して静かに立ち上がった。

「忠太さんがそこまで言うのなら、ひとまず信じてみましょうか。定吉、立ち聞きをやめて出ておいで」

言葉と共に襖《ふすま》を開けると、ばつの悪そうな小僧が「お呼びでしょうか」と顔を出す。

驚く猪吉たちを尻目に、幹之助は小僧に命じた。

「お絹さんはうちのお客だ。親分さんから殺しについて詳しい話を聞いておいで」

「親分さんが教えてくれなかったら、どうしましょう」

「そこは自分で考えておくれ」

子供相手にそんな指図《さしず》の仕方があるか。猪吉は内心舌打ちしたが、小僧はなぜか目を輝かせ、「わかりました」と出かけていった。

四

「下手人はお絹さんと猪吉さん、両方に関わりのある人物でしょう」

猪吉が昨夜から今朝にかけて覚えていることを語り終えると、幹之助はすぐにそう言った。

自分とお絹に関わりのある人物と言えば、思い付くのは稲葉屋の主人くらいである。

ためらいがちに口にすると、若旦那は首を左右に振る。

「妾が気に入らなければ、追い出せばすむ話です。わざわざ殺したりしないでしょう」

　それもそうかと思ったとき、今度は忠太が口を開いた。

「じゃあ、稲葉屋の御新造さんじゃないですか。憎い妾を殺したついでに、妾の簪を作った職人を陥れようとしたのかも」

「御新造さんが猪吉さんの酒癖を知っていたとは思えません。百歩譲って知っていたとしても、女の細腕で酔っ払った猪吉さんを田原町の家まで運ぶのは難しい。下手人は男だと思います」

「金で男にやらせたとか」

「そんなことをすれば、一生その男に強請《ゆす》られます。大店の妻女《さいじょ》はそこまで馬鹿じゃありませんよ」

　ごもっともな説明に忠太が唸《うな》る。そして、ぐるりと首を回してから、「あっ」と大きな声を上げた。

「だったら、幸助あにいじゃありませんか」

　同い年の弟弟子の名を聞いて、猪吉はぎょっとした。

「やつはお咲さんの婿に決まったところだ。どうしてお絹さんを殺すんだよ」

「あにいだって知ってるでしょう。幸助あにいの女癖の悪さを」

「そりゃ、知ってるが」

いくら何でも大店の主人の囲い者に手を出したりしないだろう。猪吉は訝《いぶか》しく思ったが、幹之助は手を打った。

「なるほど。別れ話がこじれてお絹さんを絞め殺し、酔った猪吉さんと出くわして、下手人に仕立てようとしたわけですか」

「ちょ、ちょっと待ってくれ。俺は幸助にそこまで恨まれる覚えはねぇ」

仲はよくなかったものの、人殺しの罪を着せられるほど恨まれていたとは思えない。異《い》を唱《とな》えた猪吉に、忠太がなぜかため息をつく。

「馬鹿を言っちゃいけません。幸助あにいは昔から猪吉あにいを恨んでます。簪作りの腕前では、猪吉あにいにかなわねぇから」

親方の跡を継げば、幸助の立場は猪吉よりも上になる。だからこそ、腕前で劣《おと》ることがさらにつらくなるはずだ――うがった見方を披露《ひろう》されて、猪吉は目をしばたたく。

言われてみれば、そうかもしれない。おまけにうっかり忘れていたが、幸助は「会いたくない男」なのだ。猪吉がかすかに覚えていることを告げると、幹之助も納得したようにうなずいた。

「まずは、幸助さんとお絹さんの仲をはっきりさせないといけません。お絹さんは稲葉屋さんの妾ですから、間男《まおとこ》に会うときはとことん人目を避けていたでしょう。これは案外、裏を取るのに骨が折れるかもしれませんね」

二人がただの知り合いなら、幸助がお絹を殺す理由はない。どうすれば二人の仲を調べることができるのか。

お絹の使っていた小女に探りを入れてみるか。いや、稲葉屋の目を憚って、小女のいるときに男を連れ込んだりしねぇだろう。世間には人目を忍ぶ場所が掃《は》いて捨てるほどあるんだから。

三人ともうまい思案が出ないまま時は過ぎ――じき四ツ半（午前十一時）になるというところで、小僧が座敷に入ってきた。

「若旦那、ただ今戻りました」

「ああ、定吉。お調べは進んでいるようかい」

「明け六ツ過ぎに、お絹さんの家の近くで怪しい男を見たというあさり売りがいるようです。親分さんはその男の人相書きを作るそうですよ」

小僧はそう言ってから、ちらりと横目でこっちを見る。

猪吉は恐怖で血の気が引いた。

自分を見たというあさり売りはどこまで覚えているだろう。もし十手持ちが踏み込んできたら、人違いだとしらばっくれるべきなのか。うろたえる猪吉とは反対に、幹之助は目を輝かせる。

「人相書きか。そいつはいい考えだね」

何がいい考えなものか。猪吉が食ってかかろうとしたとき、幹之助がこっちに身を乗り出した。

「猪吉さんは腕のいい簪作りの職人だもの。似顔絵を描くくらいお手のものでしょう」

「……いったい誰の似顔絵を描けってんだ」

簪の下絵を描くため、花や鳥の絵は得意である。人の顔も描いて描けないことはない。

「もちろん、幸助さんの顔ですよ」

こっちも人相書きを使って、お絹と幸助の仲を調べようということか。猪吉は勇んで紙と筆を貸してもらった。

顔は面長《おもなが》で鼻筋は通り、目は少し下がり気味……幸助の顔を思い浮かべ、猪吉は筆を走らせる。でき上がった似顔絵を忠太に見せたところ、「さすがは、あにい。そっくりだ」と太鼓判《たいこばん》を押された。

それを横から小僧がのぞき、一人前に眉を寄せる。

「何だい、変な顔をして。その顔に見覚えがあるのかい」

幹之助の問いかけに、小僧は答えることなく問い返す。

「この人がどうかしたんですか」

「お絹さんを殺した本当の下手人かもしれないんだよ」

若旦那の答えを聞くなり、小僧は目を丸くした。

「でも、この人はお絹さんの」

小僧はそう言いかけて、慌てて両手で口をふさぐ。たちまち、幹之助の目つきが変わった。

「定吉、怒らないから知っていることをすべて白状おし」

ことさらゆっくり命じられ、小僧は目をうろうろさせる。それから観念したように、順序立てて話し出した。

お絹は酒を届けに行くと、いつも決まってお菓子をくれた。そのため、田原町に行くときは、できるだけお絹の家の前を通るようにしていたらしい。

「ばったり顔を合わせたら、お菓子をくれるんじゃないかと思って……そうしたら、お絹さんの家からこの絵の男が出ていくところを見かけたんです」

そのときお絹に呼び止められて、「このことは誰にも言わないで」と頼まれた。そして、より高価な菓子をもらえるようになったとか。

寄り道ともらい食いを白状する羽目《はめ》になり、小僧はひたすらかしこまる。幹之助は目をつり上げた。

「おまえは本当に油断ならないね。お絹さんが高価なお菓子をくれる意味をちゃんとわかっていたんだろう」

どうやら図星《ずぼし》だったようで、小僧がさらに落ち着きをなくす。この子は幸助が間男と承知の上で、菓子をもらっていたらしい。

呆気《あっけ》にとられる猪吉の横で、忠太がはしゃいだ声を上げた。

「何はともあれ、これで幸助あにいの仕業《しわざ》だってはっきりしましたね」

少々複雑な心持ちだが、猪吉も顎《あご》を引く。しかし、幹之助はかぶりを振った。

「いいえ、まだ駄目です」

「どうしてです。猪吉あにいにお絹さんを殺す理由はない。幸助あにいには理由がある。猪吉あにいの困った酒癖も知っているし、下手人は幸助あにいに決まってまさぁ」

猪吉をかばって忠太の鼻息が荒くなる。腰を浮かせて詰め寄られても、幹之助は引かなかった。

「傍《はた》から見れば、猪吉さんに理由なんていりません。酔ったはずみで手にかけたことになるんですから」

「そんな乱暴な」

「ですが、現にそういう人はいるでしょう。おまけに当の猪吉さんが何も覚えていない。幸助さんがやっていないと言い張れば、今朝、姿を見られた猪吉さんのほうがはるかに疑わしいんです」

じっと目を見て言いきられ、忠太の尻がどすんと落ちる。猪吉は縋るような目を若旦那に向けた。

「じゃあ、いったいどうすれば」

「幸助さんに自分がやったと白状してもらうしかないでしょう」

幹之助はにやりと笑った。

五

幸助を呼び出したのは、お絹の家のそばにある小さなお稲荷《いなり》さんの祠《ほこら》の前だ。間もなく約束の夜四ツ（午後十時）というとき、猪吉はそこに到着した。

昨夜のことはすべて思い出した。会って話したいことがある——幹之助の指図で書いた文《ふみ》を定吉に届けてもらった。幸助の顔をちゃんと確かめてもらったところ、小僧は「お絹さんのところで見た男に間違いない」と断言した。

やつが本当に下手人なら、必ずひとりでやってくる。猪吉の酒癖を知っていても、町方が猪吉を追っているとわかっていても、「思い出した」と書いてあれば、無視することはできないはずだ。

——恐らく向こうは猪吉さんの口を封じようとするはずです。そこを十手持ちの親分に見せて、捕らえてもらえばいい。

幹之助の考えを聞いたとき、猪吉は「冗談じゃねぇ」と叫んでしまった。どうして自分が命がけで囮《おとり》を務めなければならないのか。

しかし、「他に思案《しあん》がありますか」と言われれば、従わざるを得なかった。

こういうときは一杯やって、勢いをつけなきゃ駄目なんだ。生まれたときから酒屋の倅《せがれ》をしているくせに、本当に気《き》が利かねぇな。

じき三月になるとはいえ、夜更けになれば身体が冷える。猪吉は手に持った提灯を掲《かか》げ、祠のそばにある見事な楠《くすのき》の木を見上げた。

祠の後ろには幹之助と忠太が隠れている。この木の陰には幹之助に頼まれた十手持ちが潜《ひそ》んでいるはずだ。

大丈夫。たとえ幸助が人殺しでも、俺には十手持ちがついてんだ。いざというときは助けてくれるに決まってる。

弱気な自分に言い聞かせていたら、四ツを告げる浅草寺《せんそうじ》の鐘が鳴り出した。まずは捨て鐘が三回、それから時を告げる鐘が四回撞《つ》かれる。

町木戸が閉まる時刻を過ぎれば、人影は極端に少なくなる。時の鐘が鳴り終わっても、幸助の姿は見えなかった。

あの野郎、何をもたもたしていやがる。まさか来ないつもりなのか。

暗闇の中で待つ身は長い。どこかで犬の鳴き声がするたび、びくりと身体が揺《ゆ》れてしまう。短気な猪吉が舌打ちしたとき、ようやく幸助が提灯を手にゆっくり近づいてくるのが見えた。

「すべて思い出したってなぁ、どういうことです」

真っ先にそう尋ねられ、猪吉はごくりと唾を呑む。ここでうかつなことを言って、嘘《うそ》がばれたらおしまいだ。

「もちろん、あの晩にあったことのすべてだ。目が覚めて人が死んでいたら、いくら俺でも酔っていたときのことを思い出すぜ」

「それで、どうして俺をここへ」

「俺はおまえがやったところをこの目で見たわけじゃねぇ。番屋に届け出る前に、確かめておこうと思ったんだよ」

お絹が生きている家に酔った猪吉を連れていけない。自分があの家に行ったとき、すでに殺されていたはずだ。

言葉を選びつつ答えれば、幸助が片頬《かたほお》だけで笑う。

「番屋に訴え出たところで、そのままお縄になるだけだ。亀みてぇな男がこそこそ逃げていくところを棒手振《ぼてふ》りが見ていやすから」

十手持ちに探りを入れたのは、定吉だけではなかったらしい。猪吉は卑怯《ひきょう》な相手を睨み返した。

「そういうおまえだって、お絹の家に出入りしているところを見られてるぜ」

「何だと」

「二人の仲はばれていねぇと思っていたのか。おめえが稲葉屋の妾とできてるこたぁ、とっくに知られているんだよ」

嘲笑《あざわら》うように言いきれば、突然幸助の提灯が消える。何事だと慌てた次の瞬間、猪吉の首にいきなり縄が巻き付いた。
「余計な手間をかけさせやがって。本当なら、今朝のうちにお絹殺しの下手人として
お縄になっていたはずなのに」
いつの間に後ろに回ったのか、首を容赦《ようしゃ》なく絞められる。猪吉は提灯を放り出し、
両手で縄を摑《つか》んで抗《あらが》った。
「や、やめろっ」
「誰がやめるか。おめぇは酔った勢いでお絹を殺し、その罪を悔いて首をくくるんだ。
すぐそばにお誂《あつら》え向きの木があるから、おめぇが死んだらつるしてやるぜ」
そんなことまで考えて縄を用意してきたのか。死に物狂いで抗いつつも、だんだん
呼吸《いき》ができなくなる。
隠れて様子を見ているはずの十手持ちは何をしている。忠太の野郎、いくら牛に似
ているからって、ノロノロしているんじゃねぇぞ。このまんまじゃ、本当に絞め殺さ
れてしまうじゃねぇか。助けが遅れて死んじまったら、化けて出てやるからな。
心の中で叫んだとき、「うおおっ」という声がして、幸助の手から力が抜けた。す
かさず逃《のが》れた猪吉は咳《せ》き込みながら振り返る。すると、牛は牛でも地獄の番人、牛頭《ごず》
になった弟分が幸助の首を絞め上げていた。

「この野郎、あにいに何をしやがるんだ」

大男の怪力に幸助は白目を剝いている。それに気付いた幹之助が血相《けっそう》を変えて止めに入った。

「忠太さん、もうやめてください。おまえさんが人殺しになりますよ」

「そうだ。隠れている親分さんにお縄にしてもらおうぜ」

猪吉も慌てて続いたところ、幹之助に謝られた。

「すみません。親分は呼んでいないんです」

「えっ」

「猪吉さんは町方に追われています。ここに連れてくれば、幸助さんが来る前におまえさんがお縄になりますよ」

「…………」

「それに幸助さんは優男《やさおとこ》だと聞いていたので、忠太さんがいれば大丈夫だと思ったんです。ああ、ちょうど縄がありました。これで縛《しば》って番屋に突き出してやりましょう」

まるで悪びれない若旦那に猪吉は開いた口がふさがらなかった。

こうして幸助はお縄になり、町方の取り調べでお絹殺しを白状した。

それを知ったお咲は熱を出して寝込んでしまった。一緒になろうとした相手が人を殺したのだから無理もない。かわいそうにと思う反面、猪吉はこっそり溜飲《りゅういん》を下げた。

「考えようによっては、祝言を挙げる前でよかったよな」

「ええ、今度こそ親方はあにいを婿に選びますよ」

三月四日の昼下がり、お咲の具合がよくなったと聞いた猪吉と忠太は、親方の家に向かっていた。

「最初から猪吉あにいを婿に選んでいれば、お絹さんだって殺されなかったかもしれないのに」

幸助がお絹を手にかけたのは、案《あん》の定《じょう》、別れ話のもつれらしい。

縁談の決まった幸助が「今日で最後にしたい」と言ったところ、お絹が「嫌だ」と言い張ったので、絞め殺してしまったとか。その後、酔っ払っている猪吉を見かけ、下手人に仕立てることを思い付いたという。

忠太の言い分はもっともだが、お絹にしても身から出た錆だ。妾が殺されて気落ちしていた稲葉屋は、嘆《なげ》くのをやめたと聞いている。

世の中、何が幸いするかわからない。猪吉はそんなことを思いつつ、親方の家の敷居を跨《また》いだ。

「親方、お咲さんの具合はどうですか」

「猪吉、忠太、心配をかけてすまねぇ。熱も下がってようやく落ち着いたとこだ。それにしても、幸助が人を殺すようなやつだとは……」

まだ心の整理がつかないのか、親方がつらそうに言葉をにごす。それから、ためらった末に口を開いた。

「それで、お咲のことなんだが」

「へえ」

「ほとぼりをさましたほうがいいんだろうが、おまえたちも知っての通り、あいつはもう二十二だ。さらに婿取りが遅くなるのもかわいそうだと思ってな」

親方としては、自分のせいで行き遅れた娘を早く幸せにしたいのだろう。猪吉と忠太はうなずいた。

「こんなことがあったからこそ、祝い事は早いほうがいいと思いやす」

「お咲さんだってそのほうが早く忘れられるでしょう」

弟子たちの言葉に親方の肩から力が抜けた。

「そう言ってもらえるとありがてぇ。俺も今度のことで、人は見た目じゃなくて中身が大事と思い知ったぜ」

　ため息混じりの言葉を聞いて、猪吉は内心にやりとする。これは忠太が言った通り、自分を婿にする決心がついたようだ。

「俺も今度のことで反省しました。これからは決して深酒なんぞいたしません」

「そう言ってもらえると、俺も安心だ。よりいっそう仕事に励《はげ》んでくれ」

「へえ」

　猪吉が力強く請け合うと、親方が満足そうに目を細める。そして、忠太のほうに身を乗り出した。

「猪吉もこう言っている。おめぇはお咲と一緒になって、一日も早く猪吉みてぇな腕のいい職人になってくれ」

「はあ？」

　間の抜けた声を上げたのは、二人同時だった。親方は上機嫌で話を続ける。

「忠太は幸助に殺されかけた猪吉を助けたっていうじゃねぇか。やっぱり、男はいざというとき、頼りになるやつが一番だ」

「はあ」

　猪吉は気の抜けた返事をし、忠太は無言で青ざめる。

「それを知ったお咲が、ぜひ忠太と一緒になりたいと言い出してな」

「で、でも、俺はお咲さんより年下で」

ようやく我に返った忠太が両手を振って異を唱える。それでも、親方の態度は変わらない。

「たかが二つじゃねぇか。姉さん女房はいいもんだぜ」

「しょ、職人としてもまだまだで」

「腕が未熟でも、見た目がぱっとしなくても、人として立派な人がいい。お咲はそう言ってんだ」

猪吉は返事に困っている弟分を横目で見た。

腕は悪いし、要領も悪い。けれども、それらを補って余りあるほど人がいい。酒癖の悪い兄弟子に付き合い、その無実を信じてくれた。殺されそうになったときは、身体を張って助けてくれた。

今度のことでお咲さんもようやく目が覚めたのか。俺もそろそろ目を覚まさないといけねぇな。

職人としてはこっちが上でも、人としては忠太が上だ。お咲さんと忠太なら、似合いの夫婦《めおと》になるだろう。

「俺もお咲さんの婿にはこいつがいいと思います」

猪吉に背を叩かれて、忠太が驚いて飛び上がる。

「あにいっ」

「こいつの腕が未熟なところは、当分俺が支えますから」

まさか、猪吉が賛成するとは思わなかったに違いない。うろたえる忠太と反対に、親方は満面の笑みを浮かべた。

「そうか。おめぇがそう言ってくれると心強《づ》ぇ。忠太、どうだ」

ここまで言われてしまったら、忠太はもう断れない。それでも猪吉にすまないと思ったようで、帰り道で頭を下げ続けた。

「あにい、すみません。こんなことになるなんて」

「いいってことよ。その代わり、しばらく酒に付き合えよ」

忠太は困った顔をして、「しばらくですぜ」と念を押す。

猪吉は天を仰《あお》いで洟《はな》をすすった。

「ああ、飲まなきゃやってられねぇや」

皿屋敷の真実

野口　卓

野口　卓（のぐち・たく）
一九四四年徳島県生まれ。九三年に一人芝居「風の民」で菊池寛ドラマ賞を受賞。著書に『からくり写楽』、「軍鶏侍」「手蹟指南所「薫風堂」」「ご隠居さん」「北町奉行所朽木組」「めおと相談屋奮闘記」「よろず相談屋繁盛記」シリーズなど。

一

「梟助《きようすけ》さん、梟助さん」

話し掛けるとき、真紀はなぜか名前を繰り返す癖がある。梟助だけでなく、だれに対しても二度呼んだ。子供のころからそうであった。

そしてこれも子供のころからだが、極端な怖がりなのだ。

真紀の母親、つまり但馬《たじま》屋の奥さまは、梟助が鏡を磨《と》ぎに訪れるのを、楽しみに待っている贔屓《ひいき》の一人であった。

梟助の話を聞くのが好きだし世間話にも興じる、明るくてよく笑う話好きな女性の典型だ、と言ってもいいだろう。

神田佐久間町の老舗《しにせ》の瀬戸物商但馬屋は、手堅い商いをするお店《たな》として知られていた。真紀は上に二人の兄がいるが、末っ子ということもあり、乳母《おんば》日傘で育てられた。

人見知りする子であったが、母親が梟助と話していると、かならずその腰にくっつくようにして聞いていた。

「真紀お嬢さまは、いつも奥さまのお傍を離れようとなさらない」

梟助の場合、最初に仕事をさせてもらったときの遣り取りで、自然に話し方が決まってしまう。

但馬屋ではまるで鏡磨ぎ職人らしくなく、商人ふう、それも商家のご隠居のような口調で話している。梟助は相手次第で「あっし」「へえ」「〜でやす」などと言ったりもするが、少し意識するだけで使い分けができるのであった。

じいと言われるし、梟助と呼び捨てにされるかと思うと、さん付けで呼ばれることもある。但馬屋の奥さまが対等に扱ってくれるのは、年寄りだからやさしくとの思い遣りからかもしれない。

その奥さまが言った。

「真紀は梟助さんのことが、気になってならないのですよ」

「わたしがですか」

思いがけない言葉に驚かされた。

真紀が最初に梟助が鏡を磨ぐのを見たのは、四歳という幼時であった。十数年もまえのことなのに、梟助は今でも覚えている。

「この、ぼんやりとくすんだ鏡がね」と、顔の輪郭もはっきり映らない鏡を見せながら、母親が真紀に言った。「梟助さんが磨ぐと、ピッカピカになって、きれいに映るようになるのよ」

　梟助が磨ぎ終わるのを待ちかねて、真紀は鏡を取ろうとしたが、径《けい》がおおきいので重量がある。母親が両手で持って、真紀の顔に近付けた。

「わあ、きれい」

　覗き見た真紀が歓声をあげた。ぼんやりとも映らなかった鏡が、明瞭な像を結んだことに対する単純な驚きだろう。

　梟助はそのとき初めて真紀の声を耳にしたのだが、その後はかなり長いあいだ聞いていない。話し掛けても、うなずくか首を振るかのどちらかである。随分と引っこみ思案で、無口なお嬢ちゃんであった。

　真紀の顔をまともに見たのも、そのときが初めてである。正面からまじまじと見て、梟助は言いかけた言葉を、あわてて呑みこんでしまった。

「きれいに見えるのは、真紀お嬢さまの顔がおきれいだからですよ」と、咽喉《のど》もとまで出かかっていたのだ。お世辞でなくそう思ったのである。

とても四歳の幼女と思えぬほど、整った顔をしていた。鼻筋が通り、鼻は高くもなければ低くもないが、かたちがよかった。唇はちいさくて紅を帯びている。なによりも印象的なのは、切れ長で涼やかな目であった。

真紀はそのとき、鏡を磨き終えた梟助を、特別な力を持った人だと思ったようだ。くすんだ鏡を磨ぎあげたのが、まるで死んだ生き物を蘇生させたように、感じられたのかもしれない。

話を聞いている母親が、梟助の言葉に感心し、いかにも楽しそうに笑う。奉公人や近所の人に対して、そのような顔を見せたことはなかった。それを見て、母を笑わせる梟助は特殊な力を身に付けた人なのだとの思いを、ますます強くしたらしい。随分と時間が経って、本人からそう言われたことがあった。

真紀はいつも母親のうしろに隠れるようにして坐り、ときどき顔の一部を見せるだけである。そのためだろう、それに気付いたのはしばらく経ってからであった。

手習い所に通っていたので、七歳か八歳にはなっていたはずだ。母親の蔭に隠れた真紀が耳を押さえていたように見えたが、梟助は気にもしなかった。

ところが何度かそれが続くと、さすがに変だと思う。あるとき道具を取るために立ちあがったが、やはり両手で耳を押さえている。梟助に見られているのに気付いて、真紀はあわてて手を離した。

どうにも妙である。かれの話を聞きたくなければ、部屋を出ればすむことだ。なにも母の蔭で聞くことはない。

もしかすると、と梟助は思った。

そのとき梟助と母親は、怪談噺《ばなし》で幽霊の出る場面について話していた。怪談だ幽霊だと言っても、落語なので特に怖いという訳ではない。話を続けながら盗み見ると、真紀は硬い表情をして耳を塞《ふさ》いでいた。

そうか、この娘《こ》は怖がりなのだ、と梟助は気付いたのであった。

怖い部分が終わると、いつの間にか耳から手を離している。すぐ背後にいるので、母親の体の動きや息遣い、あるいは雰囲気からわかるのかもしれなかった。

あるとき梟助は、話の流れに関係なく急に幽霊の話を始めた。すると真紀があわてて両手で耳を塞いだ。泣き出しそうな顔をしている。

「ごめんなさいよ、真紀お嬢さま」と、梟助は謝った。「もう、これからは怖い話は止《よ》しにしますからね」

母親がいなくても、真紀が梟助の仕事を見に来て、少しずつ話し掛けるようになったのはそれからであった。

「梟助さん、梟助さん」と二度繰り返すのがふしぎでならなかったが、そう呼ばれると耳に心地よいし、なぜか楽しくなるのである。二声の呼び掛けがないと、どことなく物足りなく感じるほどであった。

二

可愛いと言うより、少女のころからきれいだった真紀は、成長するにつれて美しい娘へと変貌した。

子供は体の各部分がおなじ速度で育つわけではない。鼻が急に高くなったり、耳がおおきくなったり、背が伸びたり、太ったりする。そのようにしながら、次第に全体が整い、個性が作られていくのだ。

真紀の場合もやはりおなじであったが、どの段階でも釣りあいが取れて美しかった。十代になるかならぬかで、降るほどの縁談があったというが、もっともだと納得できた。そして十五歳で然《さ》る大店《おおだな》の若旦那との縁談がまとまり、十六歳で輿《こし》入れしたのである。

「あたし、向こうでも梟助さんに鏡を磨いでもらいたいのだけど」

式のまえに但馬屋を訪れたとき、真紀はさり気なくそう言った。

「まことにありがたいことで、わたしもそうしてあげたいのですが、お断りしなければなりません」

「あら、なぜなの」

断られるとは思いもしなかったのだろう、真紀は理解できないという顔になった。

「今まで磨いでいた職人が、仕事を失いますので」

「あたしの分だけならかまわないでしょう」

「そうもまいらないのです。仁義と言えば大袈裟かもしれませんが、おなじお店に二人の職人が出入りすると、どうしても気まずくなりますので」

「そう、わかった。わかったけど、がっかりだわ」

「申し訳ありません」

そんな遣り取りがあった。真紀の顔が見えなくなると、但馬屋の仕事が急に寂しく、味気ないものになった。

ところが、まるで男雛《おびな》女雛《めびな》のようだと評判になった縁組だったのに、わずか八月《やつき》で不縁になってしまったのである。理由はわからないが、「見ざる、聞かざる、言わざる」の三猿《さんえん》を遵守《じゅんしゅ》する梟助は、他人《ひと》に訊いたり詮索したりはしない。

梟助が但馬屋に鏡磨ぎに寄ると、真紀が嫁入りまえに使っていた鏡が混じっていた。不要になったので、仲の良かった女中にでもやったのかとも思った。

だが奥さまの沈んだ顔と、何枚かの鏡を渡しただけで姿を消したことで、真紀がもどったのだとわかったのである。女中にやったのなら、嫁入り直後から磨ぎに出されるはずであった。

離縁されたのか、自分から飛び出したのかはわからない。

終わると磨ぎ賃を渡された。

但馬屋では、梟助はいつも廊下の隅で鏡を磨ぐ。そして座敷に坐った奥さまに話して聞かせ、あるいは談笑するのが常であった。

次からは廊下の隅に茣蓙《ござ》が敷かれ、くすんだ何枚かの鏡と、紙に包まれた磨ぎ賃が置かれていた。案内した下女に、終わったら声を掛けるようにと言われたのである。

もちろん仕事だからしかたがないが、梟助にすればそれほど味気ないことはない。相手の求めに応じてさまざまな話を語り、あるいは相手の話を聞く。愚痴を聞いてあげる。むしろ、そちらのほうが楽しかった。いや、そのために鏡磨ぎを続けていると言っても過言ではない。

以後もこんな調子なら、ほかの鏡磨ぎ職人に替えてもらおうか、そう思い始めた矢先であった。真紀が但馬屋にもどって、三回目のことである。

襖が開けられ部屋に人が入ったと思うと、梟助から一間（一・八メートル強）ほど離れて静かに坐った。化粧の匂いで真紀だとわかったが、黙々と仕事を続けた。

「梟助さん、……梟助さん」

呼び掛けられてそちらを見ると、少しはにかんだような真紀の笑顔がじっと見ていた。気のせいか恥ずかしそうに感じられた。

いくらか痩せたようであるが、美しさに変わりはなかった。いや、娘時代より玲瓏《れいろう》に感じられた。肌は内側から輝いているようで、真珠にも似た光沢がある。眩しいほどだ。

「真紀お嬢さまでしたか、お久しゅうございます」

「梟助さんもお元気で、なによりでした」

「相変わらずお美しい」

言ったあとで梟助は少し後悔した。真紀の表情が一瞬だが、翳《かげ》ったように感じられたからだ。だが、すぐにもとにもどったので安堵《あんど》した。

「鏡を磨ぐところを、見せてもらっていいかしら。邪魔はしませんから」

「もちろん、ようございます」

「梟助さんが磨ぐところを見ていると、なぜか心が落ち着くのです」

「じいもおなじですよ。一心に磨いでいますと、厭なことは忘れ、楽しい思いが胸に満ちてくるような気がします」

「そうでしょうね。だから、磨ぐのを見ていると、こちらの心も平らかになるのだわ」

随分と大人になったというのが、短い会話から得た実感であった。

「鏡は正直ですから、見る人の心を映し出すことができるのでしょう」

「実はね、あれから鏡を見ていないのです。自分の本当の姿が映ると思うと、怖くって。でも今日は思い切って見ようと思うの。梟助さんに磨いでもらった鏡で」

「でしたらじいは、いつも以上に心をこめて磨ぎましょう」

「あたしね、不縁になったの。出もどりになっちゃった」

他人事《ひとごと》のような言い方をしなければならないほど、辛い思いをしたのが察しられた。

少し間を置いて梟助は言った。

「この世には、自分の思いどおりに行かないこともありますからね。いえ、そのほうが多いかもしれません。だから、割り切らなければならないこともあります」

「そうね。そのとおりだわ」

磨ぎ終えた鏡を手にした真紀は、長いあいだ喰い入るように見ていたが、やがてポツリと言った。

「これが、今の、あたしなのね」

続きを待ったがそれっきりだった。だが梟助じいさんは、言いたいことがありながら、真紀がそこで口を噤《つぐ》んだような印象を受けた。

その日から、以前のように真紀は梟助の仕事振りを見るようになった。当たり障りのない話もしたが、ただ黙って見ているだけのほうが多い。

言葉の遣り取りはなくても、心が通いあっているような気がして梟助は楽しかった。話したくなれば自然と自分から話すだろうから、気長にそれを待つことにした。

三

「幽霊って本当にいるのかしら」

「梟助さん、梟助さん」といつものように二声で名を呼んでから、しばらく間を置き、真紀がそう言ったのは次に訪れたときのことだった。

「じいは遭《あ》ったことがありませんので、よくはわかりませんが」

真紀が微笑んだ。徐々にではあっても、心の傷が癒え始めたらしいのが感じられた。

「幽霊はなぜか、ほとんどが女の人ですね。落語には男の幽霊も出ますが、少しも怖くありません」

「男の人の幽霊って、どんなのがあるのかしら」

問われて梟助は、例えばこんな噺《はなし》がと前置きして、「へっつい幽霊」の粗筋を話した。

博奕《ばくち》好きの左官の留が二百四、五十両も勝ったので、二百両を竈《へっつい》の角に塗りこめた。ところが、手料理のトラフグに中毒《あた》って頓死したのである。竈には据え付け型と持ち運べるのがあるが、これは後者だろう。

持ち主が死んだので、竈は古道具屋に引き取られた。それを買った客は、金に未練のある留が幽霊になって出るので、怖くて夜中に古道具屋に返しに来る。

売り値の半額で引き取るので儲かるが、何度も重なれば店の評判が悪くなる。古道具屋は無料にして、そのかわり返品不可との条件を付けた。こんないい品が無料だとは、と喜んで熊がもらった。

幽霊が出たが、肝っ玉の据わった熊は動ぜずに話を聞いてやり、二百両を取り出して折半《せっぱん》した。ところが博奕好きの両人、百両全額を賭けて大勝負に出る。負けた留の幽霊がもう一度勝負を挑むが、お金《あし》がないだろうと言われ、「あっしも幽霊だ、足は出さない」

「と、これだけの話なんですが、ちっとも怖くないでしょう」

「幽霊に足がないのを、お金がないのに掛けたのですね」

「若旦那が登場するのとしないのとか、金が二百両だったり三百両だったり、噺家によって多少ちがって語られますが」

「あら、落語って、なにもかも決まっているのではないのですか」

「だったらつまらない。大筋はおなじでも、噺家がどこをおもしろがっているか、どこを聞いてもらいたいかによって、全部ちがうのですよ。ですからおなじ噺をいろんな噺家で聴いて楽しめるし、どう語るかを聴き比べるおもしろさもあるのです。場所や人の名前も、おなじとはかぎらないですからね」

「まあ、知らなかった」と、そこで思い当たることがあったらしく、真紀は納得したようにうなずいた。「だからだわ、お皿の数え方がちがっていたのは」

「と申されますと、『皿屋敷』をお聴きになられたのですか」

真紀は驚いたようだが、梟助にすればなんでもないことである。皿を数える落語と言えば「皿屋敷」しかない。「お菊の幽霊」とか「お菊の皿」の演題で語る噺家もいるが、大筋はおなじである。

「一つ、二つ、三つと数えますね。九つまで数えて一つ足らないのがわかり、ワッと泣き叫ぶでしょう」

真紀に言われて梟助はうなずいた。皿を数えるのが、この噺の聴かせどころである。しかし落語では泣き叫ぶ場面はなくて、枚数を数えることがオチにつながるのだ。真紀はだれの噺を聴いたのだろう。それとも梟助がまだ聞いたことのない、新しい趣向のオチをだれかが作ったとも考えられた。

数えるにはそれなりの理由があるのだ。

一般に寄席で演じられている「皿屋敷」は、もともとは上方噺で、大筋はこうである。

姫路の代官青山鉄山《てつさん》の腰元にお菊という美女がいて、鉄山がいくら口説いても、良人《おっと》に操を立ててなびかない。かわいさあまって憎さが百倍となった鉄山、将軍家より拝領した十枚一組の葵《あおい》の紋入りの皿をお菊に預け、そのうちの一枚を隠した。

ある日、急に入用《いりよう》だと皿を出させたが、何度数えても九枚しかない。さんざん折檻《せっかん》した挙句、袈裟懸けに斬り殺してしまった。そのお菊が幽霊となって取り憑き、鉄山は狂い死にしてしまう。

城下の外れにある古い屋敷がそれで、今でもお菊の幽霊が出ると知った若い連中が、怖いもの見たさに出掛けると、確かに出た。それもすごい美人で、噂を知って人が詰めかけるようになった。

九枚の声を聞けば死ぬと聞いたので、七枚くらいでだれもが逃げ出す。ある晩、あまりにも人が集まったため、混雑して九枚を数えるまえに逃げ出せなかった。ところがお菊は数え続け、とうとう十八枚まで数えたのである。見物人が詰《なじ》った。

「お菊はん、九枚しかないんで化けて出るんやろ。なんで十八枚も数えたんや」

「二日分数えて、明日の晩は休ませてもらいますの」

あるいは腰元が不始末で割ってしまうとか、美人の腰元に殿さまの心が奪われるのを懸念した奥方が、皿を隠してしまうと演じられることもある。

腰元でなく、下女や行儀見習いの娘とする場合もあった。

疑われた上に折檻され、屋敷の井戸に身を投げる、との演出もある。

皿の数え方について真紀が梟助に言った。

「一つ、二つ、三つと数えましたよ。一枚、二枚ではなくて」

「なんという噺家さんでした」

「講釈で聞いたのです」

「講釈！　真紀お嬢さまが講釈をお聴きに、ですか」

「気を紛らわすために真紀をどっかに連れてっておくれと、母が友だちにたのむらしいんです。お芝居、見世物、寄席に講釈場などですね。なんとか断っていましたけど、断りきれなくて」

「そういうことでしたか」

四

真紀は少し考えていたが、やがて意気ごんだように言った。

「梟助さん、梟助さん」さらに念を押すように、真紀はもうひと声加えた。「ねえ、梟助さん。幽霊はほとんどが女の人だとおっしゃったけれど、なぜでしょうね。あら、なにがおかしいの。あたし、変なこと言ったかしら」

「うれしいのですよ。あの怖がりだった真紀お嬢さまと、まさか幽霊の話ができるようになるとは、思ってもいませんでしたから」

「あたしそんなに怖がりだったかしら」

「怖がりなんてもんじゃありませんでした。奥さまのうしろに隠れ、幽霊やお化けの話になると、両手で耳を塞いでおいででしたからね。あまり怖がるものだから、これからは怖い話は止しにしますから、と約束したことがありました」

それは幽霊や化物よりも、はるかに怖いものをみたからにちがいない、と梟助は思っている。

そんなことがあったかしらとでも言いたげに首を傾げてから、真紀は真顔にもどった。

「訊いたことに答えてもらっていませんよ、梟助さん」

「おや、そうでしたかな」

「幽霊はほとんどが女の人だとおっしゃったけど、なぜでしょうねって、お訊きしたのですよ」

「それは、恨みが強いからです」

「男の人だって恨むことはあるでしょう」

「男は自分で恨みを晴らすことができますが、弱い女の人にはそれができません」

お菊の場合は、下心のある殿さま、あるいは嫉妬に狂う奥さまに、皿を隠されてしまうのである。自分の不注意で割った場合でも、折檻された挙句に斬り殺されたり、井戸に身を投げたりする。

そんな理不尽なことはない。死んでも死に切れるものではないのだ。

「魂魄《こんぱく》この世に留まりて、との言い廻しがありますが、体は滅んでも、強い恨みはそれが晴らされないかぎり、消えることはないのでしょう」

「講釈では、お菊が皿を七つ、八つ、九つと数えると、えらいお坊さまが、すかさず十《とお》と唱えます。すると幽霊は消えるのです」

「それが供養ですね。自分ではどうしても数えることのできない十枚という数字を、徳のある坊さんが代わりに言ってあげたから、成仏できたのでしょう」

「そんなことで成仏できるかしら」

「どうでしょう。だが、そういうことになっておりますね」

講釈師にしても、お菊の霊にいつまでも彷徨《さまよ》われていては話が終わらない。高徳の僧を登場させて、都合よく終わらせたのだろう。

まだ若い真紀が、それくらいで恨みが消えるだろうかと疑問に思うのは、梟助にはもっともなことだという気がした。

仕上げ砥石《といし》、さらに朴炭《ほおずみ》で磨ぎ、酸味の強い酢漿草《かたばみ》の汁で油性の汚れを除くと、錫《すず》と水銀の合金を塗って簡易な鍍金《メッキ》を施した。

「梟助さん、梟助さん」

作業を終えて道具類を袋に仕舞い始めると、真紀が呼び掛けた。

「なんでしょう、なんでしょう」

つられて梟助も二声で答えていた。二人は思わず顔を見あわせ、真紀がにこりと笑い掛けた。

「あたしの聴いた講釈は番町皿屋敷で江戸が舞台でしたけど、梟助さんのお話だと姫路になっていましたね」

「お気付きでしたか」

袋を提げて立ちあがると、真紀が袂《たもと》から磨ぎ賃を入れた紙包みを出して渡した。梟助は軽く頭をさげて受け取った。最初から莫蓙の上に置かれているより、このほうが気分もいい。

「今日は待っていただいているお客さまがありますので、次回にお話しいたしましょう」

「きっとよ」

笑顔で応えて梟助は但馬屋を辞した。

裏口から出てしばらく行ったとき、背後で小走りの足音がした。名を呼ばれて振り返ると、但馬屋の奥さまである。

笑ってはいたが、その顔付きはどことなく硬く見えた。真紀がもどってからは、以前のように接していないという、後ろめたさがあるのだろう。ところが娘はいつの間にか梟助と、嫁に行くまえよりも親しい関係を作りあげていたのだ。

「梟助さんのお蔭で娘も立ち直れそうで、なんとお礼を申しあげればよろしいのやら」

「いえ、じいは相も変わらぬ馬鹿話をしているだけです。真紀お嬢さまはちゃんとお育ちですから」

「あの娘《こ》にとって、梟助さんは神さまなのですよ」

「幼いころでしたから、曇っていた鏡が映るようになったのが、よほどふしぎだったのでしょう」

「それだけではないと思います。神さま、仏さま、梟助さま」と、奥さまはちょっと戯《おど》けたような言い方をした。「今、わたしも気付きましたが、梟助さんにだと、とてもすなおな気持で話すことができるのですね」

「ここまで年を取ると、木や石に話し掛けるように、気楽に話せるのかもしれません」

「ほんの気持だけですが」

そう言って、奥さまは紙包みを梟助の手に握らせた。お礼であり、口止め料ということだろう。気持を汲んですなおに受け取り、梟助は頭をさげた。

「これからも、真紀の話し相手になってくださいね」

「あの怖がりだった真紀お嬢さまと、幽霊や怪談のお話ができました」

「まあ、そうでしたか。で、なにか言っておりましたか」

やはり気懸りでならないのだ。

「はい。もどられたと」奥さまの顔がわずかに翳《かげ》ったように思ったので、梟助は静かに続けた。「ただ、それだけです。そのときが来れば話してくれるかもしれないと思いましたので、わたしはなにも訊いておりません」

「梟助さんでよかった。鏡を磨ぐように、娘の心を磨ぎなおしてくれたような気がします」

「いえ、わたしにはとても」

「これからも、話し相手になってやってくださいね」

先に言ったことを繰り返し、梟助に頭をさげると、奥さまは足早に立ち去った。

五

「梟助さん、梟助さん」

廊下の片隅で梟助が鏡磨ぎの準備を始めると、待ちかねたように真紀が話し掛けた。

「本家とか元祖、家元なんてあるのかしら」

前回別れ際に話した皿屋敷の件だろうが、喩《たと》え方がおかしいので、梟助は笑いを堪《こら》えるのに苦労した。老舗《しにせ》の菓子舗か、舞踊の流派のように考えているのかもしれない。

その日は、久し振りに奥さまもいっしょだった。真紀が幽霊の話をするようになったことへの興味と、二人がどんな会話を交わすのかに対する、関心が強かったからだろう。

理由はほかにもあった。

真紀が明るさを取りもどすにつれて、持ちこまれる縁談が多くなっていたからである。

嫁ぎ先から、復縁を求める使いが頻繁に来ていることは、梟助も知っていた。仲人や番頭、鳶《とび》の棟梁《かしら》などが、入れ替わり訪れていたのである。ということは真紀には落ち度がなく、悪いのは相手側ということを意味した。それがわかったこともあって、縁談が急増しているのだろう。

出入りをしているので、梟助もそれは感じていた。また、磨ぎに行くほかのお店《たな》などでも噂を聞いたし、なにかと訊かれることもあった。もちろんなにを訊かれても、「知らぬ、存ぜぬ」で通してきた。

真紀は十六歳で嫁入りし、八ヶ月後に十七歳で不縁となったのである。十八歳になったが、まだ十分に若い。しかもさらに美しさが増していた。妖艶な色香さえ加わったので、嫁にと望む声が多いのは当然かもしれなかった。

母親としては、良縁があれば再嫁させたいだろうから、娘の気持を知りたいにちがいない。

梟助は柄《え》付きの主鏡《おも》から磨ぐことにした。但馬屋での仕事は比較的楽である。短い周期で通うように言われているので曇り方が少ないし、使ったあとはやわらかな布で覆って箱に仕舞うなど、扱いがていねいだからだ。

いや、それ以前に鏡そのものが、めったにお目に掛かることのできぬ極上の「誂《あつらえ》」であった。

お得意さんから紹介され、「鏡磨ぎなら梟助さん」との指名で、ぜひにと但馬屋からたのまれたのである。

初めて磨ぎに訪れたとき出された鏡が誂で、梟助は思わず襟《えり》を正した。

誂は註文に応じて誂えた一点ものという意味だ。鏡面は真っ平《たいら》だが、裏面に文様が彫られている。文様の盛りあがりは、雌型《めがた》では窪みとなっていた。粘土に篦《へら》で直接に描いていくのだが、これに多大な時間が取られる。

完成後、この雌型に鎔《と》かした純良な白銅を注いで鋳造するのだ。雌型を壊して鏡を取り出し、鏡面を磨いて作るので、一点かぎりとなる。これが誂だ。

完成した鏡を粘土の上に置き、足で強く踏みつけて陰刻鋳型をいくつも作り、乾かして銅を流しこむと無数の複製が作れる。鏡が女性の化粧道具として必需品となったため、安価に大量に生産しなければならなくなったこともあった。

「誂」から複製したのが「似《にたり》」で、ほぼ誂に似ているとの意味である。さらに複製すれば「紛《まがえ》」、次が「本間《ほんま》」、「又《また》」、「並《なみ》」、「彦《ひこ》」と七段階に複製されるが、次第に粗悪になるのはやむを得ない。

粘土は乾くと縮むので、回数が進むにつれて、ちいさく、軽くなっていく。当然だが文様は不鮮明になるが、鏡面さえ光り輝いておれば満足して、買う女性も多かったのである。

誂から彦まで、どの程度の変化があるかを見てみよう。

主鏡《おも》は定寸が径八寸で重さが五百匁《もんめ》（一八七五グラム）、誂に比べ最下位の彦では径七寸くらいで百四十五匁（五四四グラム弱）と、径で一寸、重さで三百五十五匁（一三三〇グラム強）も、ちいさく、そして軽くなってしまうのである。

六寸、三百匁（一一二五グラム）の合わせ鏡もほぼおなじ比率で、ちいさく軽くなっていく。

鏡は主鏡と合わせ鏡が二面一組として扱われるが、誂は二面で二十両くらい、それが最下位の彦では一分と、八十分の一になってしまうのである。

ちなみに第二位の似は三両で、一点ものの誂がいかに値打ちがあるか、わかろうというものだ。以下、紛二両二分、本間一両二分、又三分、並一分二朱となっていた。

但馬屋の奥さまと真紀は、誂を使っていたのである。女中でさえ彦ではなく又を持っていた。

鏡は半年くらいで曇って映らなくなるので、磨ぎなおして鍍金するのだが、但馬屋では三月《み》か四月《よ》で手入れしてほしいとの註文であった。品物が高品質な上に手入れが行き届いているとなると、仕事は楽である。

最初こそ半年であったが、通っているあいだに周期は次第に短くなって、半分の三月、長くても四月となった。鏡を大切にしているだけでなく、梟助じいさんの話を楽しみにしているのである。

鑢《やすり》、砥石、仕上げ砥石、朴炭、酸、鍍金という六工程の、全部の作業が必要だったのは最初の日だけであった。最近では鑢と砥石は省くことが多いし、仕上げ砥石を使わずに朴炭から始めることさえあった。

曇って映りは悪くなっているが、今回も後半の三工程だけですみそうだ。

「どうやら、姫路の話が番町に移されたようですが」

鏡にのしかかるようにして磨ぎながら、梟助は二人に語り掛けた。

「おなじような話が、各地に残されておりましてね。それぞれ少しずつ、ちがっているそうです」

若くて美しい奉公女が、主人から家宝の一揃いの皿の管理を任されるのが事の起りだ。ところがそれを何者かに隠されてしまう。

奉公女は、身に覚えがないのに責任を問われ、折檻されて責め殺されるか、自分から命を絶つ。それからは夜ごと、女の幽霊が皿を数えるのである。奉公女の祟《たた》りにより、主人が狂死するなどの禍《わざわい》が起こって、その家は滅ぶ。

梟助が話の構成を話すと、奥さまが首を傾げた。

「そんなに大切な品を、なぜ奉公人に任せたりするのかしら。料理を盛るとか、あとで洗うぐらいなら奉公人にやらせてもいいでしょうけど、出し入れは奥方がすべきだと思いますよ」

「ごもっとも。ただ、それには理由《わけ》が用意されておりましてね」と言ってから、梟助は奥さまに訊いた。「皿屋敷のお話はご存じですか」

「ぼんやりとは、どこかで聞いたような気がしますけど」

前回真紀に語った落語「皿屋敷」の粗筋を、梟助は奥さまに話して聞かせた。

「あたしの聴いた講釈ではね」と、真紀が母親に言った。「主人がお菊さんに振られた腹いせに、お皿を隠すのではないのです」

正月の祝いに、膳具《ぜんぐ》に料理を盛り付けていると、猫が焼物の魚を銜《くわ》えて逃げ出す。驚いたお菊が落としたので、皿は微塵《みじん》に割れてしまうのである。

「足を滑らせて転び、皿が割れるというのもあります。また、隠すのが主人のこともあれば、奥方の場合もありましてね。幽霊が出ないとか、皿を数えない皿屋敷の話もあるのですよ」

「幽霊が皿を数えるから怖いし、だから皿屋敷なのでしょう」

真紀の問いには答えずに、梟助は声色《こわいろ》で数え始めた。

「一枚、二枚、三枚」

まーい、と震え声を伸ばして数えると、思わずというふうに真紀が両手で耳を塞いだ。それは嫁入り以前の、いや、怖がりだった幼女のころの仕種《しぐさ》と顔であった。

だが一瞬で両手を外した真紀は、照れたような笑いを浮かべた。見られているのを知って、ペロリと舌を出した。

六

梟助は続けた。

「数が一枚ずつ増えていくから、お菊さんの恨みと哀しみが次第に高まっていきます。皿を数えたほうが、凄味が出ると考えた人がいたのかも知れませんね。最初に書かれた書物では、数えないそうです」

聞いた話ですが、と断って梟助は二人に話した。皿屋敷伝説の一番古い話は、永良《ながら》竹叟《ちくそう》が天正五（一五七七）年に出した『竹叟夜話』という書に出ているらしい。

徳川家康が江戸入りしたのが天正十八（一五九〇）年八月一日だから、その十三年まえに上梓《じようし》された本である。嘉吉《かきつ》年間（一四四一〜四）の出来事なので、『竹叟夜話』の出る百三十五年ほどもまえの事件ということだ。

当然、竹叟が言い伝えをまとめたということになるが、百年も経っているのだから、正しく伝承されたと言い切ることはできないだろう。

次のような物語だという。

播磨国《はりまのくに》青山の館代をしていた、山名家の家老が寵愛する妾《めかけ》に、色好みの郷士《ごうし》が懸想《けそう》して口説くがなびかない。そこで郷士は、山名家から拝領した五ツ組の盃の一個を隠してしまう。

妾は家老だけでなく郷士にも折檻され、庭の松の木に吊りさげて殺される。その後、妾の怨念が家老一家に仇《あだ》をなした。

これが次第に変化して、のちの「播州皿屋敷」となったと思われる。

「このまえ真紀お嬢さまのお聴きになられた講釈は、番町皿屋敷で江戸が舞台、じいの話したのは播州姫路でした」

そこでようやく梟助は、前回の話に繋げることができた。

るように」

「ばんしゅうとばんちょうは、読みが少しちがうだけなので、播州が番町に移されたのだと考えられます。青山の館代をしていた家老が、講釈では旗本の青山主膳、落語では青山鉄山になったのは、地名が人名に変わったと考えられます。それからもわかるように」

「播州皿屋敷が先なのですね」

真紀に言われて梟助はうなずいた。

「番町と言っても場所はさまざまです。青山主膳の屋敷は牛込御門内五番町と書かれていますが、単に江戸牛込とか牛込御門内、あるいは牛込御門向角などと、はっきりしません。五番町と書かれた青山主膳にしても、そこに住んでいたという記録はないのです」

「本に書かれたことは本当だと思っていましたけど」と、奥さまが意外でならないという顔になって言った。「かならずしもそうではないのですね」

「少なくとも番町皿屋敷は、播州の作り変えだと思いますよ」

「はっきり本物だとわかるのは、どこかにないのですか」

「見極めるのは難しいかもしれません」

例えば、証拠の皿が保管されている所があるが、それもさまざまだ。割れた皿が残されているかと思うと、十枚一組の内の九枚が伝えられている所もある。お菊が入水《じゆすい》した井戸もあちこちにあり、その近くにはお菊稲荷やお菊神社があることが多い。だが事実か、単なる言い伝えかをたしかめるのは、極めて困難だろう。どの話にもほぼ共通するのは、身に覚えのない罪を被せられた若い女が、主人に斬り殺されるか、自殺に追いこまれるという点だけである。

「江州彦根にある長久寺は、長久年間（一〇四〇〜四）に開かれた名刹《めいさつ》で、のちに彦根井伊家の守護祈願寺となったそうです」

その寺にお菊の皿が残されているという。

語り継がれてきた伝説は次のようなものだ。

井伊家の足軽大将孕石《はらみいし》備前は、大坂冬の陣（一六一四年）の軍功により、藩主から、増禄の代わりに、南京古渡りの白磁の皿十枚を与えられた。以来この皿は孕石家の家宝として代々受けつがれて来た。

四代藩主直興（延宝四年〜元禄十四年＝一六七六〜一七〇一）のころ、孕石家当主の政之進は五百石を与えられて、西馬場町の屋敷に住んでいた。

政之進は同家の侍女として奉公していた足軽の娘お菊と、いつしか相思の仲になる。

かれには亡き親が決めた許婚《いいなずけ》があり、後見人である叔母に挙式を急き立てられていた。お菊はそれが心配でならない。

考えあぐねた彼女は、政之進の本心を確かめたいとの一心から、家宝の皿の一枚を、故意に割ってしまう。大事な皿を落として割ったとお菊から聞いても、政之進は、過ちはしかたがないと気にもしない。しかし、やがて真相が明らかになった。

政之進は残りの皿を持ってこさせ、お菊の面前で九枚すべてを割ってしまう。「家宝の皿など惜しくはない。生涯をともにしようと約束した己のまごころを疑われ、皿と菊のどちらが大事かと試されたのでは武士の意地がたたぬ」と、血を吐くような言葉とともに、その場でお菊を斬り殺した。

遺体と割られた皿は、お菊の実家に下げ渡された。皿は菩提寺に納められたが、のちに廃寺となったため長久寺に移されたという。

なお長久寺の寺伝では、夏の陣、三代藩主直澄のころとなっていて、言い伝えとはちがう部分もあるそうだ。

「お気の毒」

真紀がつぶやくと奥さまも同意した。

「思う人に許婚がいて、後見人の叔母に急かされているのだもの、お菊さんが焦《あせ》るのもむりはないと思うわ、母さん」

「ううん、お気の毒なのは政之進さんのほう。一生添い遂げようと思っていた相手に、真心を試されたのですもの。そんな哀しいことはないでしょう」

「でも、斬り殺すことはないですよ。お菊さんに暇《いとま》を出して、許婚といっしょになったほうが、幸せになれるわ。だって相手は、いわば下女でしょ。足軽の娘だもの、五百石取りとでは家の格がちがうから、うまくいかないに決まってる」

真紀はなにか言いたそうであったが、思いなおしたのか、母親ではなく梟助に訊いた。

「政之進さんはその後どうなったの」

「それがよくわかりませんでね。ただ、お菊さんが夜ごとのように皿を数えるとか、孕石家に祟ったとの言い伝えは、残されていないようです」

「自分でお皿を割って、相手の真心を試したのですもの、恨んだり祟ったりはできませんよね」

真紀がそう言うと、今度は奥さまの方がなにか言い掛けて口を噤《つぐ》んだ。

母親は殺されたお菊に、娘の真紀は言い交した相手を斬らなければならなかった政之進にと、同情する対象が完全に逆であった。おなじ出来事に対して、二人の女性の、それも母娘で感じ方がちがうのである。

人という生き物はふしぎだ、と梟助はしみじみと思った。

「では、待っていただいているお客さまがおりますので、今日はこの辺で」

「ご苦労さまでした」と、磨ぎ賃の紙包みを渡しながら奥さまが言った。「次も早めに来てくださいね」

「いろいろなお話が聞けて、本当に楽しかったわ」と、真紀が言った。「それにしても梟助さんは、どうしてそんなに、なんでもご存じなのかしら」

「鏡磨ぎをしていますとね、あちこちに伺いますので、たくさんの人にあれこれ教えていただけるのですよ」と、袋を手に梟助は立ちあがった。「それでは、また寄せてもらいますので」

七

皿屋敷の話について語りあってからというもの、真紀はそれまでのように怖い話を避けることがなくなった。むしろ、怪談噺に限らず、さまざまな怖い話を聞きたがるようになったのである。

　奥さまはもともと好きであったので、親子で怖い話を聞けるのがうれしそうであった。

「怖がりだったころの真紀お嬢さまからは、考えられませんね。大人になって、怖いものがなくなったのですか」

「怖いものはやはり怖いですよ。あたしが臆病なのは、子供のときとちっとも変わっていません。でも、怖い話も聞きたいなと思うようになったの」

　但馬屋の母子は梟助にとって、話しがいのある聞き手であった。驚いたり、怖がったり、おもしろがったりしているのが、正直に目や表情に出る。心の震えや弾みが、話していても伝わって来るのが感じられた。

　頰が紅潮し、身を乗り出し、夢中になっている。それがときおり、言葉になってしまうこともあった。

「ほんとにこの話、ちょっと怖いわね」

　絶妙としか言いようのない呼吸で、真紀の唇から言葉が漏れる。

「ね、それからどうなるの」

　怖いけれど次が聞きたいとの思いが、結晶したように感じられた。話の腰を折られて続け辛くなることはなく、その逆であった。合いの手にも似て、弾みを付けるかのように、絶妙の間合いで声が掛かるのだ。

鏡磨ぎのおりに話を聞くのは、母娘がいっしょのことが多いが、母だけ、娘だけのこともある。

その日は真紀一人だったので、彦根の皿屋敷の件について聞いてみた。

「親子ではっきりと考えがわかれましたね、あのとき」

「母さんがお菊さんを気の毒がるのは、わからないでもないけれど」と、少し間を置いて真紀は続けた。「でも、お菊さんのしたことは狡い。嘘を吐《っ》いた訳でしょ」

「そうなりますな」

「政之進さんはお菊を信じて、過ちはしかたがないと咎めませんでした。ところがお菊が自分を試すために嘘を吐いたとわかったのですもの」

真紀はそこで黙ってしまった。お菊さんがいつの間にかお菊と変わっていた。完全に気持が政之進に傾いている。ややあって真紀は続けた。

「政之進さんは、親の決めた許婚よりお菊を選びました。ところが自分が生涯をともにしようと決めたその相手に、試されたんですよ。お菊が皿を割っても咎めなかったのは、家宝の皿なんかに比べられないほど、お菊が大事だということでしょう。母さんにはそれがわからないのかと思うと、哀しかったわ」

「試されたことが、なかったからかもしれませんね」

「そうかしら」

「ちょっとしたことで試したり試されたりは、だれだって覚えがあるでしょう。だけど自分の一生がかかったような一大事で、そのようなことを味わわねばならん人は、ほとんどいないと思います」

「だからね。母さんが、でも、斬り殺すことはないですよ、と言ったのは。政之進さんが殺さねば、お菊は死ぬしかない。残りの九枚の皿を割ったあとで暇を出されたら、お菊は死ぬしかないのよ。だから政之進さんは手に掛けたのだわ。それだけ、お菊を大切な人だと思っていた。政之進さんが全部の皿を割ったとき、お菊は自分がいかに浅はかで、愚かなことをしたか、はっきりと気付いたと思う。それを知ったら、とても生きてられないでしょう」

なにかに取り憑かれたように、真紀は一気に喋った。まるで熱に浮かされでもしたようだ。

「お菊は憐れだと思う。哀しかったと思う。でも、政之進さんの味わった悲しみとは比べようもない。政之進さんの哀しみが海だとしたら、お菊の哀しみは、俄雨が作った水溜りでしかないわ」

見たこともない真紀がそこにいた。

梟助に話し掛けているのだが、梟助はそれだけでないのを感じていた。目は梟助に向けられていても、梟助だけを見ているのではないと感じられたのだ。

梟助に、母親に、お菊に、政之進に、真紀自身に、さらには真紀にしかわからぬだれかに、ひたすら訴えかけているようであった。

おそらく真紀も試されたのだ、いっしょになった相手に。だから婚家を飛び出したにちがいない。

非に気付いた相手に復縁を求められても、とても応じる気になれぬほど、深い傷を負ったのだろう。それゆえに政之進の哀しみが、心の痛みがわがことのように理解できたのだ、と梟助は思った。

語り終えた真紀は瞑目した。

先程までの激情が、刷毛《はけ》でひと掃《は》きされたように消えていく。瘧《おこり》が落ちたようであった。あとには静謐《せいひつ》でおだやかな表情が残った。

そっと目を開けた真紀が梟助に微笑んだ。なんと美しい笑顔だろう。梟助は慈母観音を見た思いがした。

真紀を見る梟助の瞳に、じわじわと感動が湧きあがってきた。

人が生まれ変わる瞬間に、いや、新しい人が生まれた現場に立ちあった、そんな気がした。そう実感したのだ。

言葉にできず、梟助は何度もうなずいた。それに応じて真紀の微笑みが、波紋が拡がるように、明るさと輝きを増して行った。

八

梟助が真紀の再嫁を知ったのは、その半年後であった。

嫁ぎ先でも鏡磨ぎをしてほしいと頼まれ、まえにも言ったように二人の職人が、と言おうとして真紀の笑顔に気付いた。彼女が忘れている訳がない。ということは……。

「どちらさまで」

先方の名を言われたが、思ったとおりであった。

「あのお店《たな》でしたら、わたしが磨がせてもらっていますので、真紀お嬢さまの、いや、若奥さまになられるのですな。じいはよろこんで磨がせていただきますよ」

少し躊躇《ためら》いを見せてから、真紀が照れたような顔になって言った。

「あたし、二度とお嫁には行くまいと思っていたんですよ。でもね、梟助さんに皿屋敷のお話を伺ってから、気持が変わったんです。ああ、あたしはなんて狭い心でいたんだろうって」

彦根の皿屋敷の話について梟助から聞いたときには、お菊の浅はかさと政之進の哀しみだけが、強い印象として残った。ところが時間が経つにつれて、それだけでないと考えるようになったらしい。

「政之進さんは武士としての面目を潰されたのですから、怒りで胸が一杯になったと思います。哀しみより、お菊さんを絶対に許せないという激しい怒り、憤りで、なにも見えなくなったにちがいありません」

かっとなって斬り殺してしまったが、ときが経つにつれて、己が短慮を後悔したのではないだろうか。同時に自分がそれだけの男でしかないということを、見せつけられたはずである。

あのとき呼び捨てにしていたお菊に、さんが付けられていた。真紀はまたひと廻りおおきくなったようだ。

「暇を出すべきだったと思ったかもしれませんが、そうすればお菊さんは自害するだろうと、自分を納得させるしかなかった、そんな気がしたのです」

お菊の場合も深く考えずに、浅はかだと決め付けてしまったようだ、と真紀は言った。

「叔母さまからどのくらい急かされているのかを考えませんでしたが、心配でならないほど差し迫っていたのかもしれません。あるいは政之進さんが気の弱い男で、叔母さまに押し切られそうな気配があったのかもしれません」

万が一そんなことになれば、お菊はすべてを失ってしまう。なんとかして政之進の気持を知りたいと思うのは、娘心として当然ではないだろうか。

「人にはいろいろな面があるし、都合もあるのだから、簡単に決め付けてはいけないと思いました。あたしがお菊さんの浅はかさと、政之進さんの哀しみに捕われてしまったのは」

「真紀お嬢さま、それ以上はおっしゃらないでください」

「なぜ止めるの」と言ってから、真紀はハッとなった。「梟助さんにはわかっているのね」

梟助はかすかにうなずいた。

「お辛いでしょうから」

「もう大丈夫だから、言ってみて」

「本当によろしいんですね」

「ええ。あたしね、強くなったのよ」

「真紀お嬢さまも試されたのでしょう」

「やはり、梟助さんにはわかっていたのね。あたし思いなおしたの。試されたくらいで逃げ帰っていたら、いつも逃げてなければならないって。でもね、今度は大丈夫」

「大丈夫ですとも」

「梟助さんが鏡を磨ぎに来てくれるのだから、なにかあったら相談できますから」

「じいなんぞに相談しなくても、なにもかも自分で決めて、やってゆけます」

真紀が嫁いでから初めて但馬屋に寄った梟助は、奥さまにこう言われた。

「あの娘はね、梟助さんがあちらに二十年も出入りしていると知ったので、だったらお店も当人もまちがいないだろうと、嫁入りを決めたそうですよ」

「さようでございましたか。だといたしますと、じいにとってこれほどうれしいことはございません」

鏡を磨ぎ終わって但馬屋を出た梟助は、二町ばかり歩いてから、呼び声を張りあげた。

「鏡磨ぎ。カガミ・トギー。ピッカピカに磨ぎます磨きます。いくら自慢のお顔でも、鏡が曇れば映りません」

道行く人が振り返るくらい、梟助の声は明るく弾んでいた。

菖蒲湯

山本一力

山本一力（やまもと・いちりき）
一九四八年高知県生まれ。九七年に「蒼龍」でオール讀物新人賞、二〇〇二年に『あかね空』で直木賞を受賞。著書に『大川わたり』『損料屋喜八郎始末控え』『欅しぐれ』『だいこん』『銭売り賽蔵』『辰巳八景』『背負い富士』『銀しゃり』『研ぎ師太吉』『いすゞ鳴る』『早刷り岩次郎』『ほうき星』『おたふく』『五二屋傳蔵』『千両かんばん』『紅けむり』、「たすけ鍼」「ジョン・マン」シリーズなど。

一

仙台堀に架かるまねき橋は、杉の木橋だ。この橋は木場の材木商が費《つい》えを負担して架橋と架け替えを行う『町持ちの橋』だった。

「木場の旦那衆は、だれもが豪気だからよう。橋の架け替えだって、一文のゼニも御《ご》公儀《こうぎ》の世話にはならねえ」

材木の手配りから架橋作事の人足手間賃まで、すべてを材木商が負担をした。それが深川っ子の、とりわけ冬木町《ふゆきちょう》住人の自慢だった。

「このまねき橋を架けるには、何百両という途方もねえゼニがいるんだが……」

薄手の半纏《はんてん》を羽織った作治《さくじ》が、橋の真ん中でいきなり立ち止まった。

「どうかしたの？」

あとについて歩いていた新太《しんた》が、不意に足をとめた父親のそばに駆け寄った。

「あすこを見ねえ」

作治は橋の北詰めを指さした。

まねき橋を北に渡ったたもとには、『冬木湯』が建っている。作治が指さしたのは、仙台堀に面した冬木湯の船着き場である。

物を川船から運び揚げるために、冬木湯は自前の船着き場を設けていた。

「ちゃんが見ろっていうのは、あの船のこと?」

新太はいぶかしげな口調で問いかけた。父親が指さした先には、船着き場に横付けされた川船しか見えなかったからだ。

「そうよ、あの船さ」

新太をわきに立たせた作治は、川船に向かって手を振った。川船には、材木の切れ端と、おがくずが山積みになっていた。

川船の船頭は、釜焚《かまだ》きの塀吉《へいきち》だ。荷揚げに気がいっている塀吉は、作治が手を振っても気づかなかった。

「あの船に積んでいる板っきれとおがくずは、おれが通ってる木柾《もくまさ》さんから出たもんだ」

材木の切れ端もおがくずも、冬木湯の湯沸かしに燃やされる燃料だ。

「うちの旦那さんは、ことのほか太っ腹だからよう。少しでも湯銭が安くなりゃあいいてえんで、おがくずも板っきれもタダで冬木湯にくれちまってるのさ」

「木柾さんて、えらいんだね」

「あたぼうよ」

作治はこどものわきで胸を張った。

「うちの旦那てえひとは、木場でも抜きん出たお大尽《だいじん》だが、これっぱかりもケチなところがねえ」

作治が自慢する声が、塀吉にも届いたらしい。板きれを運ぶ手をとめて、まねき橋のなかほどを見た。

「いまから小僧を連れて、湯にへえりに行くところだ」

作治は塀吉に向かって、大声を発した。今年で五十三の塀吉は、耳が遠い。

「なにか言ったかい？」

右の耳に手をあてて、船着き場の端に近寄った。拍子のわるいことに、船着き場の板は濡れて滑りやすくなっていた。

「とっつあん、端が濡れてるぜ」

作治が怒鳴った。

その声を聞こうとして、塀吉はさらに端に寄った。

うわっ。

しゃがれ声の悲鳴を発した塀吉は、仙台堀に落ちた。

二

「じいじが落っこったよう」

橋の欄干にしがみついた新太が、甲高い声を発した。

橋板から欄干のてっぺんまでは、四尺《しゃく》（約一・二メートル）の高さがある。五歳の新太は、まだ三尺三寸（約一メートル）しか背丈がない。

「たいへんだよ、あのじいじ……落っこって、溺れそうだから」

てっぺんにまで背が届かない新太は、欄干の隙間から堀を見ていた。

「はやく飛び込んで、ちゃんが助けてあげてよう」

新太は作治を見上げて、一段と甲高い声を張り上げた。

「それが……」

できねえんだと、作治は肩を落とした。

「どうしてだよ。そんなこと言わずに、助けてあげてよう」

新太は作治のたもとを強く引っ張った。

「早くしないと、じいじはほんとうに溺れちゃうよう」

新太はさらに声を大きくして、父親を見上げた。

「だからおれにはできねえって、そう言ってるじゃねえか」

作治は苛立《いらだ》ちの色を顔に浮かべていた。が、こどもに応ずる声は、小さくて消え入りそうだった。

「おれは金槌《かなづち》で、泳げねえんだ」

言葉を吐き出した作治は、うつむいて橋板を強く踏んづけた。

「だれか……」

堀に落ちた塀吉は、もがきながら目一杯の声で助けを求めた。

うさぎやの徳兵衛《とくべえ》が橋の真ん中に差しかかったのは、まさに塀吉が声を振り絞ったときだった。

「だれか……」

声を聞くなり、徳兵衛は橋を駆け下りた。

泳げないことが負い目で、作治は動きが止まっていた。徳兵衛が橋を駆け下りたことで、我に返った。

「こうしちゃあ、いられねえ」

作治も徳兵衛を追って、橋板を踏み鳴らして駆けた。

尻金《しりがね》を打った雪駄《せった》は、作治の自慢の履き物である。地べたを歩くときは、チャリン、チャリンと鳴るように、雪駄を滑らせて歩いた。

いまは、ただ橋を駆け下りるのみである。雪駄も脱げよとばかりに、まねき橋の北たもとを目指した。

新太も父親を追いかけた。

作治は駆け下りるとき、手ぬぐいを橋の上に投げ捨てていた。新太はその手ぬぐいを拾ってから、作治を追った。

端午の節句を三日後に控えた、五月二日の七ツ（午後四時）どき。陽は西空に移っていたが、仙台堀河岸にはまだたっぷりと明るさが残っていた。

日暮れとなる暮れ六ツまでには、一刻（二時間）の間があった。作治が七ツどきに湯屋に向かっていたのは、今日が十日に一度の仕事休みだったからだ。

職人たちは、まだまだ仕事のさなかである。ゆえに湯屋のそばを歩く人影は皆無だった。

冬木湯の船着き場に駆け下りた徳兵衛は、すっかり息が上がっていた。それでも口に両手をあてて、塀吉に呼びかけた。

「足が引きつって、泳げねえ」

塀吉は声を張り上げて、徳兵衛の呼びかけに応じた。

堀の流れはゆるい。が、それでも塀吉の身体は船着き場から離れる方向に流されていた。

「いま助けに行く」

言うなり、徳兵衛は堀に飛び込んだ。

ところが徳兵衛は、水に飛び込んだ拍子に息を詰まらせた。

息が上がっていたことと、自分の歳もかえりみずに、いきなり飛び込んだことが重なったからだ。

徳兵衛は五十七で、塀吉は五十三だ。

ともに五十の峠を越えたふたりが、仙台堀でもがいていた。

「ちゃんが、助けを呼びに行ったから」

新太が泣きそうな声を張り上げているところに、三人の川並《かわなみ》（いかだ乗り）を連れて作治が戻ってきた。

「なんてえこった」

「塀吉とっつあんと、うさぎやのじいさんじゃねえか」

「年寄りの冷や水そのものだぜ」

船着き場にぼやきを残して、川並三人が堀に飛び込んだ。

荒天のなかでも丸太の上を行き来して、いかだを組み上げるのが川並である。

塀吉と徳兵衛は、いともたやすく船着き場に引き揚げられた。

堀の真ん中で、ボラが飛び跳ねた。

三

五月五日は端午の節句だ。この日の冬木湯は、菖蒲《しょうぶ》湯を仕立てた。

冬木湯のあるじ雄作《ゆうさく》は、豪気な男である。

「一年に一度しか巡ってこない、端午の節句の菖蒲湯だ。町内のこどもが元気に育つように、飛び切り上等の菖蒲を用意する」

雄作は堀切村の農家とじかに掛け合い、毎年百株の菖蒲を仕入れた。

農家も雄作の心意気を高く買い、市場への卸値で冬木湯に届けた。堀切村からまねき橋までの、横持ち（配送）代も取らずにである。

江戸の多くの銭湯には、湯気が外に逃げ出さないように、湯殿の入り口に大きな衝《つい》立《たて》の「石榴口《ざくろぐち》」が設けられていた。入浴客は、その石榴口をくぐって湯殿に入った。

洗い場にも湯船の周囲にも、明かり取りの窓はない。

ひとたび湯殿に入ったあとは、闇夜のような暗さのなかで身体を洗い、湯につかった。

冬木湯は、拵《こしら》えがまったく違っていた。

なによりの違いは、石榴口がないことだ。衝立の代わりに杉の戸が設けられている。客はその杉戸を開いて湯殿に入った。

湯殿には男湯・女湯ともに三十畳大の広い洗い場があった。

冬木湯の近所には大和町《やまとちょう》の色里や、辰巳《たつみ》芸者の検番が三軒もある。ゆえに八十年前の開業当初から、男湯と女湯に分かれていた。

洗い場の天井は、床から一丈半（約四・五メートル）の高さがある。天井から三尺（約九十センチ）下がったところに、格子のはまった明かり取りの窓が構えられていた。

窓の内側には厚手の油紙が貼られているが、光は素通しである。冬木湯は洗い場も湯船も、充分に明るかった。

冬木湯が豪気なのは湯殿の造りのよさや、上物の菖蒲を山ほど湯につけることにとどまらなかった。

「せっかく上物の菖蒲を百株も仕入れたんだ。ひとりでも多くのこどもに、菖蒲湯につかってもらいたいじゃないか」

雄作が当主の座について以来、五月五日はこどもの湯銭はタダになった。

「走り回って騒ぐのは、たいがいにしろ」

しわがれ声を張り上げて、徳兵衛は洗い場で騒ぐこどもを叱りつけた。が、こどもは言うことをきかない。

さらに勢いをつけて走り回った。

ひとり新太だけが仲間に入れず、走り回るこどもたちを羨《うらや》ましそうな顔で見ていた。

金槌で塀吉を助けに飛び込まなかった父親の振舞いに、新太は負い目を感じていた。それゆえ、一緒に走り回ることができずにいた。

作治はまだ、木柾で働いている。新太はひとりで菖蒲湯につかりにきていた。

叱っても、こどもたちは騒ぐばかりである。業《ごう》を煮やした徳兵衛は、洗い桶に湯船の菖蒲湯をたっぷり汲《く》み入れると、甲高い声をあげて走り回るこどもに思いっきり湯をぶっかけた。しぶきが周りのおとなに飛び散った。

「なにしやがんでえ」

気色《けしき》ばんだ男は、手ぬぐいを手にしたまま振り向いた。背中に不動明王の彫り物がなされている。

その男と徳兵衛の目がぶつかり合った。

「なんでえ……とっつあんか」

徳兵衛だと分かるなり、彫り物の男はこどもたちに目を向けた。徳兵衛に一目をおいている様子だった。

「いつまでも騒ぐんじゃねえ」

叱りつけた声には凄《すご》みがあった。こどもたちの騒ぎが、いきなり鎮まった。

「外に出ようぜ」

ガキ大将が仲間に告げた。こどもたちは杉戸の前に集まった。

「溺れじじい」

大将は徳兵衛にあごを突き出した。

「べええ」

残りのこどもたちはてんでに毒づき声を残して、杉戸を開いた。

皐月《さつき》の風が、洗い場に流れ込んできた。

＊

端午の節句の午後。

こどもたちが冬木湯に群がるのは、湯銭タダに加えて、もうひとつの大きなお楽しみがあったからだ。

この日は湯上がりのこどもに、ひと袋ずつの駄菓子が配られた。袋詰めをするのは冬木湯の奉公人だが、駄菓子は毎年徳兵衛が差し入れていた。

「うちの菓子だということは、こどもには内緒にしておいてくれ」

徳兵衛は口止めを約束させたうえで、駄菓子を差し入れた。

「こどもには、食えない因業爺《いんごうじじい》だと思われているほうが楽でいい」

これが徳兵衛の口ぐせである。

しかし初天神の凧揚《たこあ》げをきっかけに、こどもたちは徳兵衛になつき始めていた。

嬉しくもあり、煩わしくもあり。

これが徳兵衛の正直な気持ちである。

過ぎる何年もの間、徳兵衛にはこどもたちは寄ってこなかった。その隔たりは哀しくもあったが、べたべたされずに楽だとも感じていた。

冬木湯が配る五月五日の駄菓子。去年まではその駄菓子とうさぎやとを、重ね合わせて考えるこどもはいなかった。

今年は幾分、様子が違っていた。

こどもたちが次第にうさぎやの徳兵衛に寄ってくるようになっていた。

「くどいようだが、うちからの差し入れだとは気づかれないように願いたい」

今年の駄菓子を差し入れたのは、五月三日。塀吉と一緒に仙台堀から引き揚げられた翌日のことだ。きまりわるさもあって、徳兵衛はことさら強い口調で念押しをしていた。

「せっかくうさぎやに行ってやってるのに、いやなじじいなのはちっとも変わってねえじゃねえか」

ガキ大将が声高に言うと、仲間のこどもたちは大きくうなずいた。

「やっぱりうさぎやに行くのはやめて、仲町のとんぼ屋にしようぜ」

「分かった」

「おいらもそうする」

こどもたちが大声で話し合っているところに、塀吉が駄菓子袋の詰まったザルを運んできた。駄菓子の配り役は、塀吉の役目だ。

「おいら、これがいい」

最初に手を伸ばしたのは、もちろんガキ大将だ。あとに続いて五人のこどもが小さな手を伸ばした。

「そんな恩知らずなことを言ってると、いまに天罰があたるぞ」

塀吉はガキ大将を睨みつけた。

「なんのことだよ、天罰って」

口を尖《とが》らせた子に向かって、塀吉は駄菓子の差し入れ元がだれなのかを明かした。

「徳兵衛さんは毎年毎年、名前は明かすなと堅く口止めしたうえで、これだけの菓子を差し入れてくれているんだ」

ひとに黙って行ってこその善行だと、塀吉はガキ大将を諭した。こどもの顔つきが神妙になったとき、塀吉は杉戸の端に目を向けた。

新太がひとり、脱衣場の隅に立っていた。

「こっちにおいで」

塀吉が手招きしても、新太は動こうとしない。塀吉はガキ大将に言いつけて、新太を連れてこさせた。

先日の一件に、負い目を抱えている。

そう察した塀吉は、新太を目の前に立たせた。駄菓子の袋を手に持たせてから、新太の目を見詰めた。

「泳げないひとは、この冬木町にもいっぱいいるぞ」

「えっ？」

新太の目が大きく見開かれた。

「おまえのちゃんが川並を呼んできてくれたおかげで、わしも徳兵衛さんも命拾いができた。作治は命の恩人だ」

こどもたち全員に聞こえるように、塀吉は歯切れのいい物言いをした。

新太の顔に、見る間に朱がさした。

ガタガタッ。

ひときわ大きな音を立てて、杉戸が開かれた。湯殿から出てきたのは徳兵衛だった。

「うさぎやさんが出てきたぞ」

塀吉の言ったことに、ガキ大将が素早く応じた。徳兵衛に向かって駆け出すと、こどもたちが続いた。新太も一緒だった。

「お菓子、ありがとう」

こどもの甲高い声が、脱衣場に響いた。

徳兵衛は途方に暮れたような、それでいて咎めるような顔を塀吉に向けた。

塀吉は知らぬ顔を決め込んでいた。

解説

細谷正充

近年の朝日時代小説文庫は、アンソロジーに力を入れている。私も編者の一翼を担い、今までに『情に泣く』『悲恋』『おやこ』の三冊を刊行した。さいわいにもすべて好評をいただき、ほっとしている。そして四冊目も刊行することになったが、困ったのがテーマだ。多数のアンソロジーが出版されており、テーマも出尽くした感じがある。さてどうするかと担当編集者と頭を絞った結果、多くの読者の共感を得られるものにしようという結論が出た。選んだ作品が優れていれば、アンソロジーは面白いものになる。かくして本書のテーマが誰にも馴染みのある〝人情となみだ〟になったのだ。さまざまな形で人情を扱った七篇。どうか味読熟読してほしい。

「つゆかせぎ」青山文平

どこに向かっているのか分からない。長篇短篇にかかわらず、青山作品を読んでいると、そう感じることが多い。作者は小説を書くときプロットを立てないそうなので、それが原因かもしれない。第百五十四回直木賞を受賞した短篇集『つまをめとらば』に収録されている本作も、そのような物語だ。

旗本・大久保家で勝手掛用人をしている〝私〟は、亡くなった妻が竹亭化月の筆名で戯作を書いていたことを知った。俳諧を嗜む私は、生前の妻から俳諧師にならないのかと聞かれていたが、結局は武家奉公を続けている。しかし大久保領の西脇村が稲熱《いもち》に侵され、その対策のために赴くことになる。そして泊まった旅籠で、思いもかけない体験をするのだった。

あまり褒められない方法で金を得る女。そのための場所を提供する旅籠の主。小心翼々と生きてきた私にとって、彼らの姿は驚くべきものだ。しかしそこには、庶民の逞《たくま》しさと、ぎりぎりの人情がある。それに触れた私も変わる。読み終わってみれば、一本の糸で綺麗に繋がったように見えるストーリーに感心。作者の手練に脱帽だ。

「松葉緑」宇江佐真理

こんな人がいたらいいなと思ってしまう。本作の主人公の、美音のことだ。貧しい浪人の娘だったが、呉服屋「西村屋」の内儀に見込まれ奉公する。その後、曲折を経て蚊帳商「山里屋」の内儀になり、隠居後は貧しい娘を集めて、彼女たちの今後のために、いろいろな稽古をつけていた。そんなとき教え子のひとりに、あまりよくない嫁入りの話が持ち上がる。

予想外の方向に転がっていく嫁入り話が楽しく、作者のストーリーテラーぶりを堪能できた。その一方で、かつての「西村屋」の内儀の恩を忘れず、娘たちの未来をよいものにしようとする美音の心意気が嬉しい。人情の連鎖とでもいえばいいのか。繋がっていく人の心に、ニコニコしてしまうのである。

「カスドース」西條奈加

作者は今年（二〇二二）、『心淋《うらさび》し川』で、第百六十四回直木賞を受賞した。しかしそれ以前にも、幾つかの文学賞を受賞している。一例を挙げると、第三十六回吉川英治文学新人賞を受賞した『まるまるの毬』だ。江戸は麴町にある菓子屋「南星屋」を舞台にした連作シリーズである。本作は、その第一話だ。

出生の秘密のある治兵衛を主に、家族三代で切り盛りしている「南星屋」は、多くの人に愛され繁盛していた。しかし店で売った〝印籠カステラ〟が、平戸藩松浦家のお留め菓子〝カスドース〟ではないかと疑われ、奉行所の詮議を受ける。治兵衛の弟で、高僧の石海のおかげで、なんとか家に帰ることはできた。しかし店は開けられない。印籠カステラがカスドースでないことを証明するために、治兵衛は頭を絞るのだった。

印籠カステラを巡る騒動から、過去の思い出が甦る。それは血縁者ならではの、情けに満ちたものだ。「南星屋」を愛する客たちの行動も気持ちいい。じっくりと噛み締めたくなる、いい話である。

なお、カスドースは実在の菓子であり、今ではネット通販で簡単に買うことができる。注文したカスドースを食べながら、本作を読むのも一興であろう。

「「なるみ屋」の客」澤田瞳子

本書のテーマが決まったとき、この作品を絶対に入れたいと思った。なぜなら人情を扱っていながら、きわめて厳しい内容になっているからだ。こういう作品があると、アンソロジーが引き締まるのである。

物語は一幕物の舞台のように、居酒屋「なるみ屋」に限定されている。その夜は常連の他に、珍しく旅の浪人夫婦が客としていた。そこに男が来て酔いつぶれる。男を迎えに来たお奈津という少女に、店の主夫婦は飯を振舞った。いつものことらしい。男を微妙な空気に包まれる店だが、どういうことなのか。ふたりが帰った後、我慢できなくなった常連が、ふたりの事情を口にする。

ふたりには過去の悲劇があった。誰が悪いというものではない。しかし土地の人々は、自分たちの行為がそれを招いたのではないかという悔いを抱いている。だからこそ店の人々が、ふたりに見せる人情は苦い。浪人夫婦の扱いも、やりきれなさを強める。人間を真摯に見つめる作者らしいストーリーなのだ。

「目が覚めて」中島要

二〇一九年に刊行された『神奈川宿　雷屋』は、もぐりの旅籠で働く少女が殺人事件に挑む、長篇時代ミステリーであった。犯人の正体を始め、サプライズは上々。作者にこれほどのミステリー・マインドがあったのかと驚いた……ということはなかった。なぜなら、「六尺文治捕物控」シリーズや本作によって、優れた時代ミステリーの書き手であることを承知していたからだ。

腕のいい簪《かんざし》職人の猪吉には欠点があった。酒が好きなのだが、飲み過ぎると荒れて、その間の記憶がない。師匠はそれを嫌い、娘のお咲の婿を、二番弟子に決めた。これで限度を超えた酒を飲むようになった猪吉。だがある日、目を覚ますと知らない家に寝ていた。しかも隣には、油問屋「稲葉屋」の妾が殺されている。自分が犯人にされると思った猪吉は、無実を信じる三番弟子の忠太と、酒屋「七福」の若旦那の協力を得て、真犯人を見つけようとするのだった。

登場人物が少ないため犯人の意外性はそれほどでもないが、ミステリーとして手堅くまとまっている。そして何よりも注目したいのが、事件が解決した後の意外な展開だ。これにより一途に自分を信じてくれた忠太の、情の深さに気づいた猪吉は、あらためて自分を見つめ直すのである。気持ちのいい作品だ。

「皿屋敷の真実」野口卓

人生の達人。作者の作品を読むたびに、そんな言葉が頭に浮かぶ。なかでも特に強く感じるのが、鏡磨《と》ぎ師を生業《なりわい》とする博覧強記の老人・梟助を主人公とした「ご隠居さん」シリーズだ。本作はその一篇である。

梟助の出入り先に、老舗の瀬戸物商「但馬屋」がある。その「但馬屋」の末っ子の真紀は、なぜか話しかけるとき、名前を繰り返す癖があった。さる大店《おおだな》に嫁いだものの、八ヶ月で離縁して家に戻ってきた真紀。気落ちしていた彼女だが、梟助と話をするうちに、しだいに元気を取り戻していく。

梟助と真紀が交わす、皿屋敷伝説談義など、これだけで別の話が創れるのではないかと思うほど充実している。しかも離縁した真紀の心と、微妙に響き合うのだ。それを理解し、深く踏み込むことなく、彼女と向き合う梟助の距離感が絶妙。人情の機微を熟知した梟助に、惚れ込んでしまうのである。

「菖蒲湯」山本一力

本作は、深川冬木町にある〝まねき通り〟にある十四の店（と湯屋）の人々を描いた連作の一篇だ。枚数は少ないが、深川に生きる人たちの人情が、巧みにスケッチされている。

仙台堀で溺れかけた塀吉と徳兵衛を、金槌だったために助けられなかった作治。ふたりは助かったものの、そんな父親を見て、息子の新太は負い目を感じるのだった。ひそかに子供たちに菓子を配る徳兵衛。新太の負い目に気づき、それを取り払う塀吉。そもそもの発端になったふたりの人情が、ストーリーを温かな着地点に導く。ラストを飾るに相応《ふさわ》しい、山本一力の逸品だ。

二〇二一年現在、コロナ禍が続き、社会には閉塞感と憤懣《ふんまん》が渦巻いている。こんな時代だからこそ、人の情けが必要なのではないだろうか。互いを大切に思い、困った人には手を差し伸べる。そうやって支え合うことが、未曽有の困難を乗り越える力になる。この解説を書きながら、あらためてそんなことを思ったのである。

（ほそや　まさみつ／文芸評論家）

「底本」

青山文平「つゆかせぎ」（『つまをめとらば』文春文庫）

宇江佐真理「松葉緑」（『酒田さ行ぐさげ　日本橋人情横丁』実業之日本社文庫）

西條奈加「カスドース」（『まるまるの毬』講談社文庫）

澤田瞳子「「なるみ屋」の客」（『関越えの夜　東海道浮世がたり』徳間文庫）

中島　要「目が覚めて」（『酒が仇と思えども』祥伝社文庫）

野口　卓「皿屋敷の真実」（『ご隠居さん』文春文庫）

山本一力「菖蒲湯」（『まねき通り十二景』小学館文庫）

朝日《あさひ》文庫《ぶんこ》時代《じだい》小説《しょうせつ》アンソロジー
なみだ

2021年6月30日　第1刷発行
2021年7月30日　第2刷発行

編　著　細谷正充《ほそやまさみつ》
著　者　青山文平《あおやまぶんぺい》　宇江佐真理《うえざまり》　西條奈加《さいじょうなか》
澤田瞳子《さわだとうこ》　中島《なかじま》 要《かなめ》　野口《のぐち》 卓《たく》
山本一力《やまもといちりき》

発行者　三宮博信
発行所　朝日新聞出版
〒104-8011　東京都中央区築地5-3-2
電話　03-5541-8832(編集)
03-5540-7793(販売)

印刷製本　大日本印刷株式会社

ISBN978-4-02-264994-2

細谷正充・編／宇江佐真理／北原亞以子／杉本苑子／半村良／平岩弓枝／山本一力／山本周五郎・著

情に泣く

朝日文庫時代小説アンソロジー　人情・市井編

失踪した若君を探すため物乞いに堕ちた老藩士、家族に虐げられ娼家で金を毟られる旗本の四男坊など、名手による珠玉の物語。《解説・細谷正充》

細谷正充・編／安西篤子／池波正太郎／北重人／澤田ふじ子／南條範夫／諸田玲子／山本周五郎・著

悲恋

朝日文庫時代小説アンソロジー　思慕・恋情編

夫亡き後、舅と人目を忍ぶ生活を送る未亡人。父を斬首され、川に身投げした娘と牢屋奉行跡取りの運命の再会。名手による男女の業と悲劇を描く。

細谷正充・編／池波正太郎／梶よう子／杉本苑子／竹田真砂子／畠中　恵／山本一力／山本周五郎・著

おやこ

朝日文庫時代小説アンソロジー

養生所に入った浪人と息子の嘘「二輪草」、歌舞伎の名優を育てた養母の葛藤「仲蔵とその母」など、時代小説の名手が描く感涙の傑作短編集。

今井絵美子／宇江佐真理／梶よう子／北原亞以子／坂井希久子／平岩弓枝／村上元三／菊池仁編

江戸旨いもの尽くし

朝日文庫時代小説アンソロジー

鰯の三杯酢、里芋の田楽、のっぺい汁など素朴で旨いものが勢ぞろい！　江戸っ子の情けと絶品料理に癒される。時代小説の名手による珠玉の短編集。

朝井まかて／安住洋子／川田弥一郎／澤田瞳子／山本一力／山本周五郎／和田はつ子・著／末國善己・編

いのち

朝日文庫時代小説アンソロジー

江戸期の町医者たちと市井の人々を描く医療時代小説アンソロジー。医術とは何か。魂の癒やしとは？　時を超えて問いかける珠玉の七編。

宇江佐　真理

憂《う》き世《よ》店《だな》

松前藩士物語

江戸末期、お国替えのため浪人となった元松前藩士一家の裏店での貧しくも温かい暮らしを情感たっぷりに描く時代小説。《解説・長辻象平》